▼

〔献给所有异地恋人的告白主题书〕

我嫌弃的样子你都有

小布爱吃蛋挞 著
wo xianqi de yangzi ni douyou

贵州出版集团
贵州人民出版社

I like you very much.

我嫌弃的样子你都有

- 001 第一章
  男朋友比你小
  是怎样一种精彩人生

- 016 第二章
  我可能不会爱你

- 036 第三章
  偶尔智商爆表
  的正经模样

- 050 第四章
  情商是负数的嘴
  贱少爷

- 072 第五章
  非典型异地恋
  坚持法则

- 100 第六章
  亲爱的家人、
  朋友和狗

- 112 第七章
  鸡飞狗跳的
  同居生活

- 134 第八章
  两个互踩互捧的
  深井冰

- 156 第九章
  为了新生活而努力
  奋斗

- 164 第十章
  在所有人事已非
  的景色里，我最喜欢你

- 188 番外
  看图说话

- 194 番外
  想要和你漫游世界

- 211 番外
  订婚和领证的那些事

- 235 附录一
  三爷的信——《喜欢》

- 238 附录二
  纯洁的读者50问

- 251 附录三
  那些围观的吃瓜群众这
  样说

- 260 后记
  我的轰趴婚礼

「我希望,我能活得和你一樣久。」

「好,同意了。」

第一章

男朋友比你小
是怎样一种精彩人生

WOXIANQIDEYANGZI
NIDOUYOU

三爷比我小一岁，叫三爷这么沧桑的名字不是因为他成熟，而是我对他"三少爷"的简称。

1

北风呼啸的冬天，我和三爷过天桥的时候看见了卖糖炒栗子的摊位。那天我没带钱，于是主动跟三爷示弱。

我说："你给我买份栗子，我这个月都不会无缘无故骂你。"

三爷思考了一下，很严肃地问我："如果现在我和李易峰同时站你面前，你会选谁？"

我目光坚定："选你！"然后在心里嘀咕，三爷是不是傻？峰峰哪里会轮得到我选？！

结果三爷听完大步流星地走了，就留给我一句话："撒谎的女人不配吃栗子！"

最后我放弃了撒娇，通过武力镇压抢到了钱包买了一袋热气腾腾的甜栗子。

2

每年三爷要过生日的时候，他妈妈都会打一笔"巨款"当礼物。有次又临近他生日，银行给他发转账信息，是他妈妈转的，巨款——十块钱（后来才知道是在办什么业务，需要转账激活）。

三爷当时的表情精彩极了，上来紧紧地抱住我，语带哀怨，一副被遗弃儿童的样子跟我说："我妈妈好像不要我了，你能收留我吗？"

虽然我对他这种一米八二的个头还非要学一米二八的小朋友恶意卖萌的行为很嫌弃，可还是很豪气地说："下次你卡里没钱的时候跟我说，我给你打钱。"

三爷还没有从十块钱的打击中回神，幽幽地说："可你不是我妈。"

我拍拍胸脯："没关系，你就当我是你恶毒的后妈吧！"

三爷："恶毒的后妈？恶毒的后妈怎么可能给我打钱？恶毒的后妈应该左手拿着蜡烛右手拿着小皮鞭……"

我无言以对，只是，三爷你确定拿对剧本了吗？

3

三爷喜欢打一个叫《英雄联盟》（简称 LOL）的游戏，考虑到我俩常年异地，我放任了他这个爱好，起码有了这个"小情人"以后他出去玩的时间会少一些。

那天他去看 LOL 的现场比赛，结果机器出了故障，比赛延迟了整整五个小时，从原定的中午一点一直拖到晚上六点才开始，等到散场时都凌晨一点多了，三爷坐大巴回的家，三点多钟才睡觉，然而第二天早上九点他又神采奕奕地坐上大巴看比赛去了……

不上班的时候他一般都会睡到很晚起床，这么积极的态度我真是头一次见。

我跟他说："你从来没有为了我的事这么上心，这么肯花时间。"

他当时正在看比赛，场地闹哄哄的，我听见一片杂音中他喊着跟我说："胡说！哪次跟你吵完架，我不得花一整晚的时间通宵打游戏消气？"

因为他这句感人肺腑的话，隔了几天见面的时候我把他游戏给卸载了。身为一个曾经的理科生，我绝不会做出只删快捷方式这么没水准的事情，他后台的数据包我一个没留：）。

4

有次带着三爷去我姐家度假，我两岁半的小外甥特别喜欢三爷，两个人玩起来全程无障碍。到了该睡觉的时间我外甥还没玩够，抱着三爷的脖子不撒手，像是一对相爱至深的恋人，一秒钟都舍不得分开彼此……

我姐强行把外甥抱进屋，一分钟后他就号啕着跑回客厅，挂到三爷的大腿上嚷着："我要和姨夫一起睡！"

我和三爷去姐姐家都是在客厅打地铺睡的，为了赶紧把外甥哄睡着，我姐只能无奈地在客厅又打了个地铺，然后关上所有的灯，打算等小家伙睡着了再把他抱进屋。我和三爷也不得不假装睡觉，手机和平板统统放到一边。

小家伙闹腾得很，兴奋了半天就是不睡觉，在一丝光都没有的客厅里，我比我外甥更早地困了，虽然我早就下载了一集综艺节目说好要跟三爷睡前看，可困意来得太突然，我上下眼皮开始打架……

就在我马上要睡着的时候，突然感觉一只手掐了我腰一下，一下子惊醒，我在黑暗中对上了三爷那明亮的眼睛。后面的十几分钟，他总是在我瞌睡的时候捏捏我的手、戳戳我的脸，中心思想就是不让我睡觉。

我小声地问他："什么事？"

三爷贱兮兮地答："好事！"

说起来很不好意思，但我当时真的害羞了，我以为一天都在姐姐家待着，三爷想趁没人的时候亲我，这种禁忌又神秘的感觉支撑着我挨到了我外甥睡着并且被我姐抱回屋里去。

客厅一下子就剩我们两个人，我强装镇定地问他："到底什么事？"

然后三爷腾地站起来，跑去厨房从冰箱里拿了什么又跑回来，一脸邀功地跟我说："我今天趁着小宝宝不注意偷着藏起来的，给你一瓶！"

看着面前的两瓶可乐，那一刻我的内心是崩溃的。

5

三爷有时候会突然犯个矫情病，化身中二文艺青年。

比如，有一阵子他特别喜欢用歌词表情达意。

关键他还不是写写日志评论什么的引用歌词,他是跟你聊着聊着天,突然很正经地念出一句歌词啊!你们能想象那种神经病的情景吗?不是正常语气啊,是播音腔啊!字正腔圆地念啊!

比如考研期间,我早上经常起不来,闹钟根本无法把我和我亲爱的床分开。所以我就让三爷早上给我打电话,可是有时候三爷也会睡过头。

虽然两人都没起来,但我还是选择把锅甩在三爷身上:"你早上怎么没叫我起床啊?我说了要起来背单词的,你不是答应了要叫我嘛!"

三爷冷静地告诉我:"闹钟没响。"

我无语:"你给我滚……你觉得我会相信?"

三爷继续冷静地告诉我:"或者它响了,然后被我无意识地按掉了。"

考研那会儿气性特别大,一点小事都能分分钟干起仗来,我朝着电话怒吼:"你就是没把这事放心上,就算不为了叫我,你也应该早点起来复习吧?结果你睡到几点?你这个状态哪里像要考研啊!%★!#%!#¥……@…%¥Uum……"

三爷静静地听我从三岁有规律尿床早起开始说起,一直说到不珍惜时间的危害性有多大,最后等我大喘气的时候跟我念了句:"想和我吵架,我没那么无聊。"(歌词来自王力宏《心跳》)

我"噗"的一声就破了功。

三爷晚上会去跑步,我都会提醒他注意安全:"刚跑完步吗?回去路上慢点走,看着车看着路啊,别磕到什么的。"

然后三爷一本正经地告诉我:"我又不脆弱,何况那算什么伤。"(歌词出自林宥嘉《说谎》)

那时候挺想过去给他一锤子让他受点伤的。

有时候我只是随口问了句:"吃饭没?在哪儿呢?"

三爷会间歇式抽风地跟我说:"我在人民广场吃着炸鸡,而你在哪里?"(歌词出自民谣歌手阿肆《我在人民广场吃着炸鸡》)

我也不知道我在哪里,可能上天了吧……

当然这都是小事,可是在有些原则性问题上他也这么发神经的时候我就忍不了了。

有一次我跟他哭诉:"今天室友都说我胖了,嘤嘤嘤……"

三爷:"春风再美也比不上你的笑,没见过你的人不会明了。"(歌词出自李宗盛《鬼迷心窍》)

我当时正在捏着肚子上的肉肉郁闷,听他又开始念歌词就炸了,恶狠狠地说:"你够了!"

狠完了又觉得不太对劲儿,他刚才好像是在夸我?于是问了句:"等一下,你刚才说什么?"

谁知道三爷已经切换了正常对话频道,满是忧虑的语气告诉我:"我说冬天不减肥,夏天徒伤悲。"

后来我让他的膝盖知道了我们家留着的那个榴莲壳上总共有多少

个可爱的突起,呵呵!

6

有一次我俩在路上走,三爷被石头磕了一下差点绊倒,动静这么大我不可能无动于衷啊,于是扫了他一眼,结果这货就开启了不依不饶模式。

三爷:"你刚才那是什么眼神!你为什么用看一只狗的眼神看我!"

我很蒙:"有吗?我不知道啊,我看狗什么眼神?"

三爷:"就是你刚才看我的那个样子!"

我:"我刚才看你什么眼神?"

三爷:"就是看狗的那种眼神!"

陷入这无法辩解的死循环后,我不得不承认,三爷有时候执拗得像个路灯。

7

上大学的时候三爷会特别关注我们学校的各种新闻,比我还清楚我们学校附近哪条街发生过什么惨案。有一次他不知道又看了什么报道,反复嘱咐我晚上八点以后就不要一个人出门了,出门也别穿裙子短裤,手机一定要保持百分之五十以上的电量,要把他的号码设置成快速拨号……给我制订了种种安全准则后,他还是不放心,然后有一天他突然装作快递小哥给我打电话……

三爷用那种能吓哭孩子的严肃语气跟我说:"喂,你好。"

看了一眼自己的手机屏幕，来电人那里清晰地显示着他的名字，我只好同样严肃地回答："你好……"

然后三爷就开始演起来了："有你快递，麻烦下楼取一下。"

我一时没反应过来，傻愣愣地答了句："哈？我没买东西啊。"

三爷："可能是你男朋友送的吧，麻烦下楼取一下，我在校门口树底下。"

我猜这可能是什么情趣小游戏，于是捏着嗓子告诉他："可是人家没有'男盆友'啊！"（我当时是在宿舍接的电话，这句话说完没有三秒钟，我接到来自室友齐刷刷的祝福——"你给我滚出去！"）

三爷沉默了几秒钟，然后又回到最开始的话题："有你快递，麻烦下楼取一下。"

我嗑着瓜子继续跟他演："你是哪家快递啊？我们学校的快递都是放在收发室吧？"

三爷："我是树底下快递公司的。"

我当时很想把手里的瓜子皮隔着电话扔他脸上，还能不能愉快地演戏了？能不能取个正常点儿的名字？！我深吸一口气，翻了个白眼告诉他："我没听说过这个快递。"

三爷演技爆棚地用那种不耐烦的语气说："新公司，麻烦你下楼取一下，我还有别的件，十分钟后就离开。"

他把给我们送快递的小哥那种状态模仿得真的很像，我觉得奥斯卡欠他一个奖杯！

不想继续和他玩下去了，我回答："好的好的，我马上下去。"

结果三爷听见这话突然开始生气："你防备心理怎么这么差！就

这么下去了！如果是骗人的怎么办？没听过的快递，去奇怪的地方取，一听就是坏人啊！"

我被训得一愣一愣的："我这不是逗你玩嘛，一听就知道是假的啊。"

三爷："胡说八道，我演得这么逼真你怎么可能知道是骗人的！你刚才肯定已经上当了！你想想你要真出去了怎么办！说不定就会被先X后杀！"

我想了想，跟他辩解这事没有意义，随便应付他："没关系，我长得很安全不会出事的，答应我，就像尔康答应紫薇那样答应我，别老看奇怪的新闻了行吗？"

三爷完全不买账，也不理睬我的要求，义正词严地质问我："虽然你丑，可万一坏人瞎呢？！"

我："……"

故事的最后，我跟他吵了起来，吵架内容不是他的被害妄想症了，而是……你特么说谁丑！说谁丑！谁丑！

8

有次我去小商场买东西，三爷因为刚出差回来拖着行李箱，嫌寄存麻烦就没进去而是站在门口等，本来就是买包冰糖买个热水袋很快就好的，结果热水袋没货了，店员帮我去仓库找，这一找就有点儿耽误时间。

等我终于买好出去的时候，三爷一个箭步上来拉住我的手，深情款款地对我说："知道吗，从你进去以后的每一分钟我都很煎熬。"

我被这突如其来的告白给说蒙了,心里乐开花,嘴上还要矜持地嫌弃:"哎呀,讨厌,你肉麻死了!"

然后他一手拉着行李一手拉着我,向着回家的方向跑得像要飞起来:"快点,我要尿裤子了!"

9

大学那会儿,有一年暑假三爷放假以后来北京陪我,我大表哥知道了非要请他吃饭,总共两次,一次烤肉,一次火锅。

哦,这还不是重点,重点是都是自助。

用三爷的话说,自助这种东西吃一顿得折一年的寿。

吃火锅那天是中午,我和三爷两个人撑得肚子里像揣了个气球,分分钟要炸的那种。天很热,太阳很毒,我提了个很好的建议:咱们去逛恭王府吧,当遛食。

只是那天散步效果并不好,三爷出来的时候人比娇花弱的模样吓我一跳,正巧经过护国寺小吃街,我甩开膀子要大开吃戒,并试图带他去吃个晚餐。

按照一般人的逻辑,他这么虚弱的表情一定是因为饿了吧?

我正喊着"炸酱面"往小店里冲,三爷一把拉住我的衣角摇了摇……不是手!不是胳膊!是衣角!这种撒娇的动作只有我外甥非常想玩楼下那个摇摇车的时候才会做出来!

我不解地问他:"怎么了?那个炸酱面,一看就很好吃!"

三爷强撑起一个微笑:"我真挺难受的,以后有机会我再带你来吃好不好?咱们先回去吧,我可能中暑了。"

毕竟我是一个贤淑的女朋友，他都难受成那副弱鸡样了，我只好忍痛放弃心爱的小吃，和他回去休息。

一上了地铁他就保持沉默，脸色也不是很好看。

到了某个换乘车站，我前面空出一个座位，想着三爷现在是病号，就很贴心地让他去坐，结果他摆摆手拒绝了我的好意。

我一再坚持地呼唤他，却换来一句："别跟我说话，我跟你说话难受。"

我觉得这话好伤自尊，于是默默地坐下，然后默默地学他看着窗外不语。

被冷落了十分钟之久，我心里确定他一定是后悔刚才对我的态度又不好意思服软所以才不和我说话的。于是，大度的我仰着头含情脉脉地看他，大概是我的眼神过于炙热，三爷低头看了我一眼，只是短暂的一瞥，又继续看窗外了。

他这么傲娇，我只好主动拉了拉他的手：你看看我啊，你跟我说说话啊。

三爷脸色苍白地低下头来看了我一眼，声音在喧闹的车厢里有些小，我还是听得无比清楚。

他说："可我一看你就想吐。"

旁边站着的大汉和小姑娘"噗"的一声就笑出来了啊！

虽然我理解你是因为真的想吐不能低头看我，可是三爷你的表达有问题啊！

后来我们一路无话，三爷回家以后看我脸色不好非说我也中暑了，最后我们互相灌了对方两瓶藿香正气水然后握手言和。

10

三爷某天晚上和部门同事一起聚餐，晚上回酒店跟我视频的时候，忽然可怜兮兮地说："我好饿，晚上光喝酒，都没吃饭。"

我："那你叫个外卖？或者去楼下饭馆吃个炒饭？"

三爷："我不想吃炒饭，我想吃鸡翅，啊，好想吃鸡翅。"

我："那就吃呗，看看有没有外卖还送。"

当时已经是晚上十一点多，我趴在被窝里打算和他说个十分钟就熄灯睡觉的。结果我才说出了让他找找有没有外卖，这货"噌"的一下举起了一个白色的饭盒："其实我已经叫了外卖，刚送过来的。"

我："……"

后面的十几分钟，他给我表演了怎么把签子上的烤鸡翅变没有的魔术，直到关了视频，在凌晨一片黑暗的卧室里，我，脑子里旋转着那些香喷喷、鲜嫩嫩的鸡翅，失眠了。

11

有天晚上我买了半个榴莲，特别甜，所以味道也挺大的，在宿舍吃了一口，差点被室友们打死。于是我把它锁在了柜子里，不时地拿一块跑到阳台就着西北风吃。

榴莲个头挺大，一直到要睡了都没吃完，我在台灯下看着床上已经沉睡的室友们，想着大冬天的深夜开窗吃榴莲她们会不会爬起来跟我干仗。这么想了一会儿，我抱着最后那一块榴莲，拿着勺子，开门去了走廊的垃圾桶旁边。

  一开始我是站着的，后来觉得目标太大被人看见不好，于是就蹲到垃圾桶旁边去了……

  越是怕什么，越是来什么。我以为十二点多了不会有人出门的，结果忽然听见"嗷呜——"一嗓子，整层楼响起了各种杂乱的声音。

  我嘴巴不停地动，疑惑地想着这是进狼了吗？

  一分钟以后，就看见每个宿舍都跑出来一两个姑娘，手里拿着手机，跑到走廊的窗边号叫着："流星！流星！"

  原来那天是双子座流星雨，本来我也想去看的，结果出来的姑娘都是我们专业的同学，每个人跑过垃圾桶旁边都要驻足一下，礼貌地和我打个招呼……我就像个和垃圾桶配套的吉祥物，尴尬地笑着回应每一个人："你看流星啊，真巧，我吃榴莲呢。"

  所以我飞速地把榴莲吃完了后也没往窗边挤，赶紧回宿舍爬上床。

  那天流星特别多，走廊上看的人几乎隔几分钟就要集体喊一嗓子，我特别想看，又特别不好意思再出现在她们面前，于是跟三爷发微信说这事。

  三爷说："既然满天都是流星，那你就先跟我许愿吧，说不定正好有流星在头上飞过去就听见了。"

  我并没那么当真，不过还是许了："我希望家人身体健康！"

  三爷："好，同意了。"

  考虑到流星那么多，我就多许了几个愿望："我希望咱俩一直好。"

  三爷："好，同意了。"

  我继续："我希望我明年能瘦二十斤！"

  三爷："不行，这个不同意。"

我："为什么？你说了不算，你不要误导流星！快说'好，同意了'！"

三爷："不行，你太瘦了我没有安全感，你现在这样就很好看。"

我无语："好吧，那我没愿望了，换你许。"

三爷似乎考虑了一会儿，半晌才回我一句："我希望，我能活得和你一样久。"

那晚，屋里很黑，因为黑所以显得很安静，室友们轻微的鼾声和屋外看流星的姑娘们的叫喊声都特别清晰，有一瞬间我忽然很想哭。

我不知道有没有哪颗星星滑落的时候听见三爷的愿望了，我就像之前我许愿时他回应的那样告诉他：

"好，同意了。"

小布手记

许多读者说我所有书里写得最好的就是和三爷的段子，身为一个自以为很专业的言情小说作者，我不知道该不该高兴……于是把一些老梗整理一下，又添了很多旧回忆和新故事，重写那些故事的时候时常有一种谜之感动，让我忍不住把三爷再揍一顿。

最后，小说和现实有差别，比如为了剧情需要，我并没有把我现实中的美貌百分之百地写在小说里 [微笑]。

第二章

我可能不会爱你

WOXIANQIDEYANGZI
NIDOUYOU

记得当年有一部台湾热播的偶像剧叫《我可能不会爱你》，里面男女主角从学生时代开始一直当朋友，他们拒绝恋爱，因为感情深厚如家人的他们觉得朋友比恋人更长久。我和三爷差不多就是这样的情况，我秉持着和他当一辈子好朋友的高远志向跟他无话不谈，从没想过要去"玷污"这段纯洁的友谊。可现实情况却像电视剧里的一句台词——当我说"我可能不会爱你"，其实……我爱你。

1

我和三爷都是课改实验班的学生，这个班级很神奇，它是从初中开始挑选学生送到高中去提前接受高中教育，所以我初三就开始上高中，并且在几次换班时都跟三爷一个班。

我们做了四年的同班同学。

对三爷第一次有印象是开学一周多一点儿的时候，那阵子我和几个关系比较好的小伙伴会去食堂的天台吃东西。

有天我打饭比较慢，往三楼走的时候忽然又想再去买瓶饮料，于是急匆匆地下楼。那天食堂的保洁阿姨一定偷懒了，不然楼梯上不会油乎乎的，不然……我不会脚一滑一屁股坐倒。

就像是免费玩了次游乐园带障碍物的滑梯，刺激又酸爽，我跌倒以后起码滑了五六级楼梯。

当我尖叫着终于抓住了扶手不再往下滑，并且活动了下手腕脚踝发现它们都十分坚强地没受伤时，我看见了三爷。

他就站在我下方三步远的位置上，如果我没停下来说不定会以一个漂亮的铲人动作带他也一起玩一下这"有趣"的滑楼梯游戏。

显然，他目睹了全过程，并且惊呆了。我们对视了三秒钟，我以为他会慰问一下我痛不痛，毕竟我们都认出对方是一个班的同学。

结果他却弯腰把我撒得只剩下小半包的鸡柳给捡起来，皱着眉看了看里边，问我："再下去打一份吧？"

大概是因为我脑子里已经按照正常剧情发展脑补了他问我"你痛不痛"，所以在他问出要不要去打一份鸡柳的时候，我回答他："痛死我了。"

他"哦"了一声，然后指着楼梯转角处跟我说："那你先在这儿蹲着吧，我帮你打。"

痛觉神经麻痹了我的思考能力，我居然真的过去蹲着，然后把自己的饭卡给他，驴唇不对马嘴地回了句："还有一瓶可乐，谢谢。"

然后我们就这么莫名其妙地认识了。

我以为这是我们第一次对话，可三爷跟我说事情并没有我想的那么浪漫。

"咱俩第一次说话是报到那天，在架空层的报到处，我问你在哪里领表格，你很热心地拿了表格给我，告诉我要填哪些地方。"

可是我对此一点儿印象都没有，不停地问："真的吗？我们那么早就有过交流了？开学第一天？"

"对，第一天就有交流了，不只是跟我，活泼的你差不多和半个班的同学都交流了。"他说"活泼"这个形容词的时候加重了下语气。

机智如我，猜这应该不是什么表扬。

2

现在的三爷个子一米八出头，因为家里长辈是内蒙和东北的，他长相是很典型的北方男人。第一次带三爷回家时，我姐还问我："你男朋友是不是韩国人啊？"

高中时的三爷还是白衣少年，而且因为性子安静，看起来挺斯文的。那时候我们有一群小伙伴在晚自习的课间喜欢绕着实验楼溜达，对，就是那群喜欢在天台上吃饭的小伙伴。

因为是额外招进高中的学生，我们不在教学楼上课，校长在空荡的实验楼批了两个教室给我们这群学生，教室的桌子是做实验的桌子，特别宽敞，两排桌子之间还有池子，不过水龙头不出水。

我们的心大得就跟那桌板子似的，在班主任的洗脑下都以为能进实验班就是一只脚踏进了清华北大。

现在的我想想那时候的天真都要尴尬地替自己脸红一会儿。

说回晚自习溜达这事。那是初秋，晚上的风不凉，整栋实验楼都很寂静。我们这群"一只脚踏进清华北大"的伪高中生在秋风习习中边走路边唱歌，我印象最深的就是唱《海阔天空》，因为后来我一次次跟别人提起来我会唱这首歌的时候，发现和他们唱的都不一样。

那时候我们唱的是"海阔天空在勇敢以后，要拿执着将命运的锁打破"，鬼哭狼嚎的，三爷只是静静地跟着我们溜达。

我问他："你不会唱歌啊？"

他只是笑笑不说话。

我以为他是默认，直到很多年后他参加歌唱比赛还拿了名次，我才理解当年他的那个笑——大概是表示"你们这群愚蠢的人类我才不要和你们一起发神经"这样的意思吧。

3

我一直是个聒噪的人，小时候我妈还带我去看过医生，白头发的老中医说我多动症，开了药就拿着十根银针扎在我手指关节的穴位上放血。据说扎了一次我就变老实了，我妈念叨了好几年那老头儿医术好，只有我自己知道我是被那个针给吓着了——太疼了！

和三爷变成朋友大概是因为他给我的感觉就是他又沉稳又安静，和那些比我还能说的男生很不一样。所以活动课我最喜欢的就是跟三爷一起玩，打乒乓球或者坐在水泥台子上听歌聊天。

他不说话，就沉默地坐着听我谈天说地，谈雪谈月亮谈星星，从诗词歌赋谈到人生哲学。

男生和女生有很多不一样，虽然我也有很多女生好朋友，可和男生一起玩的时候可以不用顾虑太多，聊的内容和角度也很宽，所以那时候浮夸的我跟三爷说："你是我的宇宙第一好朋友。"

我觉得三爷对这个称号很喜欢。

有一天晚上,我俩一起去校门口坐班车,那天他先走的,我追上他的时候用力拍了他一下以为他会吓到,结果他特别淡定地扭头跟我说:"你离我一米远的时候我就感觉到了。"

我认为他在胡扯。

他告诉我:"你身上有香气。"

我抬起胳膊来闻,什么都没闻到。

他说:"自己的气味自己闻不到,我能闻到。每个人的味道是不一样的。"

对他前一句我挺能理解的,比如我爸回家脱鞋的时候脚臭味能熏晕我家狗,可他自己却浑然不觉。

我问"狗鼻子"三爷:"所有人的味儿你都闻得到?"

三爷"呃"了一声:"也不是,反正能闻到你的。"

我又问:"为什么?"

他在我要坐的那辆车门前目送我上车,笑着跟我说:"因为我是你的宇宙第一好朋友呀。"

那时候的三爷是个多么单纯善良的孩子啊,现在我再问他"你能不能闻到我身上的味道"时,他一般都会抽抽鼻子然后踹我一下让我去洗脚……

4

活动课的时候我常常和三爷一起打乒乓球,因为这是我还算擅长的运动，两个人能玩得起来。

有一次我俩都没带球，我跟体育老师比较熟，看见他在训练体育生，过去找他借乒乓球，结果他回器材室找了一会儿也没找到，出来的时候给了我一个网球："拿着玩吧，一样。"

我把体育老师给的荧黄色网球拿到水泥台的时候，三爷"扑哧"一声笑了，掂量了几下球试了试弹力，问我："这个能玩？"

我用体育老师的话回他："嗯，一样玩。来，咱们来比赛，一局一根冰棍。"

他听我说完把球扔给我让我发球："行。"

那天的比分加加减减的，最后他赢了我两根冰棍。

操场离小卖部有点儿远，所以我是在第二周活动课的时候买了两根冰棍举着去操场找三爷的。

当时三爷和我们同学小C正在说话，说起小C，他正面像田亮，侧面像哈利·波特，大眼睛眨巴眨巴的一脸正太样。我也是认识他以后，才知道原来田亮和哈利·波特长得还挺像的。

小C看见我把两根冰棍都给了三爷很不解，我跟他解释说我打比赛输了所以买冰棍。小C一听眼睛放光，嚷着也要参加进来，只是他不屑和我玩，抢了我的拍子要跟三爷打。

三爷把他的两根冰棍都塞在小C手里，拿走了我的球拍对小C说："好的我认输，冰棍都是你的了。"说完把球拍还给我，直接开球和我玩起来。

我看向小C，他已经剥了塑料纸开始吃冰了，一边吃一边看我们打球，很满意这样的安排。

5

我是真的很喜欢和人说话,班主任把班里最安静的女生放在我身边都没用,后来那女生她妈找了我们班主任要求把她女儿从我身边调开……因为那女生上课的时候也变得很爱说话了。

漂亮的女班主任把我叫出去长长地叹了口气,我低着头认错,小心翼翼地问她:"要不,把我调到最后一排跟××(三爷)一桌吧?"

那个年轻的女班主任一直挺喜欢三爷和我的——我觉得,她很有眼光。

班主任瞪我:"不行,咱们学校严禁男女生同桌。这事你别管了,我再想想。"

下了课我就跑过去跟三爷说:"班主任说咱们班谁都不乐意跟我同桌,我就说你愿意!"

我觉得班主任真的是瞎扯的,那时候明明全班同学都想跟我同桌。

三爷听我说完就笑了,他说:"好啊,我愿意跟你同桌。"

我以为班主任平时对我那么好,肯定会同意我的要求,结果那天晚饭课间,她让我搬着书坐到第一排去。

第一排一直不坐人,我去了就成了第一人,也是唯一的一个人。

其实实验室的桌子特别大,就算是同桌也隔挺远的,不像正常课桌那样靠在一起。可是那感觉还是不一样,我一个人占了一排,却一点儿都不觉得拉风。

朋友过去帮我搬书,一边搬一边嘻嘻哈哈地笑。

我心里难受,面上还要强装作无所谓:"看到没?特殊待遇!"

因为这待遇太特殊了，我都没敢跟我妈说，怕她骂我。第二天上课的时候每个任课老师看见我都会挂起一抹意味不明的笑，我只能傻呵呵地回应一个笑，尴尬得要命。

那天的语文课，不知道班主任是不是想安抚我，给我的作文打了最高分，还让我到讲台前朗诵。其实根本不用去讲台，我在我座位上站起来回个身就能面对全班。

太阳快落山的时候正是自习课，我昏昏欲睡地撑着下巴扭头看窗外的风景。楼下大概有班级上活动课，闹哄哄的，和班里安静的写字声形成鲜明的对比。

发够了呆，回头要继续写作业的时候，发现我面前不远处的黄色讲台上有个鸽子的影子。我好奇地转过身子，看见最后一排的三爷两只手交叉在一起正呼呼地动，就是讲台上那个扇翅膀的鸽子。

我把手伸出去，果然也看见了自己的手影，我比画了个狗头的手势，一边比画一边回头看三爷，他正冲我笑，然后我就忍不住也笑了。

那是我换到新座位之后第一个真心的笑。

他那么做，是因为那天我念的作文里有这样一句：
阳光在墙上打出手影，日子慢慢老去。

6

那年冬天的时候，我跟三爷放学一起走出教室，结果在走廊里碰到有事来接三爷的三爷爸爸。明明我俩是很单纯的关系，可是突然撞到家长的时候就莫名地有些紧张。

准确地说是三爷在紧张,他紧张得话都不会说了,指着他爸告诉我:"这是家父。"

摔!这浓浓的民国风口吻是什么鬼啊?!

我也是被他的紧张给传染了,顺着他的话就是一个九十度鞠躬外加一声:"伯父好!"

在我们那边见到同学家长都是喊"叔叔阿姨"的,这种大礼也把三爷的爸爸吓了一跳,冲我点头说"你好"。

第二天我问三爷他爸有没有说我什么,三爷告诉我:"我爸觉得你那件黑色羽绒服挺蠢的。"

我感觉"那件黑色羽绒服"几个字大概删掉之后才是他爸对我的印象。

并且,这个印象,一直到九年后的今天,还是三爷他爸对我的基本评价……

7

高一那年我们搬到了教学楼上课,或许是我形单影只的样子太可怜了,或许是新换的班主任还不了解我湖州路扛把子的品性,她居然给我安排了一个同桌!

见到新同桌的那一刻,我就像被五指山镇压了几百年的孙猴子终于被解救出来一样,兴奋得就差上去给我同桌挠毛抓虱子了。一直到换班前我都和那个叫婷婷的姑娘坐一起,手把手地将一个原本怎么跟她说话都不理人的自闭症儿童调教成一个活动课坐着小板凳能讲半节课单口相声的人。

记得有一次，我来大姨妈还作死地吃了甜筒，结果上地理课的时候肚子疼得要命，趴在桌子上昏厥了一整节课。因为那时候最不喜欢上的课就是地理，而且地理老师基本上不管纪律，所以以前地理课我也有过趴一整节的经历……

直到下课铃响起来，我幽幽地转醒，哀怨地问我同桌："你一点儿都不关心我！我都疼晕了你都不知道！上次你胃痛是谁扶你去校医院的！你没良心！"

叫婷婷的女生婷婷玉立地站着俯视我，盯了我足足十秒钟，然后傲娇地说："别以为我不知道，你明明是睡着了。"

我："……"

又回忆起这件事，我给三爷复述了一遍当时的情景，问他听完以后什么感觉。

三爷一边画图纸，一边敷衍地答："挺好的，很有你段子手的一贯风格。"

我怒目瞪他："不是段子！是真事啊！真的疼晕了！"

"不可能，怎么会有人……"三爷说到一半的时候总算感觉到气氛不对，抬起头来看我，"啊，你真是太可怜了，居然都疼晕了！"

我点头："如果当时是你跟我同桌，你会怎么做？"

三爷回："坦白地讲，如果你在地理课上趴一节课，我也会以为你是睡……啊！不是！"

他后半句话消失在被瞪眼的恐吓之中，他立马改了口风："如果是我，我一定不会让你疼晕的！"

"比如？"我以为他会说看我不对劲儿就立马带我去医务室。

结果这货告诉我："比如，我会帮你把甜筒吃了，这样就能从根源上阻止悲剧的发生了！"

看着他一脸"这是正确答案吧快来表扬我啊"的神情，我从冰箱里拿了根自己冻的冰棍给他："你还是画图吧。"

8

有一次体育课，和三爷两个人打完乒乓球就直接坐在水泥台子上，一人一只耳机听歌。我记得那天听的是方大同的歌，翻唱的一首《红豆》，那天他话很多，一直跟我安利还不太出名的方大同是个多么棒的歌手。他给我安利过很多歌手，都是些挺小众的，但他眼光很好，后来这些小众歌手都因为各种原因出了名甚至大红大紫，然后他就会怅然若失的样子。

就像有一天我的读者群忽然热闹了起来，我花在群里聊天的时间超过了和他说话的时间，给读者准备礼物比和他约会更用心的时候，他也是那副神情，告诉我："我不想那么多人知道你。"

我问他："你不是说过最喜欢我的地方就是我对人特别好吗？"

他摇头："不是的，你记错了，我不喜欢你对别人好，我只喜欢你对我好。"

他难过的样子一下子就让我想起来方大同得了好多奖的那天，他说"以后会有好多人喜欢方大同了"的复杂表情。

三爷有时候真的敏感得像只没什么攻击性却知道躲避危险的小动物，我摸摸他的手背，很认真地告诉他："或许有一天，会有很多人喜欢我,但是你不要担心,我最喜欢的……"

在他低着头等我回答的时候,我发现承诺什么的实在是太肉麻了,抬手拍拍他的肩:"我最喜欢的,一定是长得最好看的那一个!"

后来三爷气得没吃午饭。

可在我心里,你最好看啊。

9

我问过三爷很多次:"高中的时候,你关于咱们俩印象最深的是什么事?"

三爷给出了很多版本的精彩回答。

回答一:"咱们楼下小卖部五块钱一个的汉堡特别好吃,有一阵子咱俩不吃晚饭,天天去买那个吃,哦,还有五块钱一个的鸡肉卷也特别好吃!"

回答二:"你给大家讲黄笑话,讲得特别有意思!"

回答三:"咱俩放学去坐班车的路上,有一段走廊黑乎乎的没有灯,我最喜欢那段路了!"

我继续逼问:"就没有哪件具体的事让你印象深刻吗?"

他答:"具体的啊,小蘑菇的那个笑话我印象最深,就是有一天……"

我一头黑线:"好了,可以打住了,你不是号称从小暗恋我嘛,暗恋这么多年你连件具体的事都记不住吗?"

三爷反问:"那你有什么印象深刻的事吗?"

我特别有底气地说:"当然了!比如那次咱们俩一起坐在球台上听歌,那天的天特别蓝,云朵特别大,树叶特别绿,我们一人一只耳机听《红豆》那个画面我就一直记得。"

三爷沉默了一会儿,大概也是想起来了那一次,然后他有些委屈地跟我说:"其实高中的时候咱们也并没有经常一起玩,没有什么特别的回忆,你那时候喜欢的又不是我。"

于是我也沉默了,竟然有一种跟隔壁老王约会被现场抓包的心虚。我干笑着打破沉默:"哎呀,都是多少年前的事情了,记不起来也没关系嘛,哈,哈哈,哈哈哈!"

后来他跟我说,虽然很多细节记不清了,可是每次回忆起高中时代,想到那几年他的生活里总有我模模糊糊的身影,就会觉得很幸福。

10

高中的时候我就有点儿感觉到三爷喜欢我了,那时候不知道怎么想的,一根筋地觉得"兔子不能吃窝边草",如果真的和三爷在一起,然后又分手了,那么我将同时失去一个男朋友和一个好朋友。我特别理智地断了和三爷在一起的念头,并且在三爷写给我一封像雾像雨又像风的散文诗时,义正词严地给他指明了错别字和病句。

那时候,我、三爷,还有另一个小伙伴,我们三个人经常在一个大本子上接龙写意识流的小说,所以我假装看不懂他的"情书",他也没强要我看懂,表白风波解除,我们继续做好朋友。

后来我想,当我开始考虑"我不能跟三爷在一起"这个命题时,潜意识里其实已经在思考"如果我和三爷在一起"这个命题了。

但我还是更乐意和三爷当好朋友，因为朋友比恋人的相处模式舒服得多，不会有烦恼、忧愁、心酸、愤怒等等负能量。

比如我对我后桌的喜欢就是这种种负能量的结合体。

我后桌人特别好、特别逗，还经常给我带好吃的，朝夕相处，吃人嘴短，我就喜欢上我后桌那位了。我没跟三爷说过，可是我的朋友们都看得出来，我想三爷一定也看出来了。

但是比较悲催的是，我后桌不喜欢我，一边拼命地给我带好吃的，一边拼命地拒绝喜欢我，我从来没见过这么矛盾的人……他难道不知道"不想填满一个女生的心就不要总填满她的胃"这个道理吗？

总之，故事的结局就是我和我后桌没什么结局，并且几年后再见到的时候也一点儿都不尴尬，时间果真是最有效的、最残忍的橡皮擦，什么东西都能抹去。

有一年同学聚会，我和三爷一起先离开的时候，正巧碰到了有事晚到的后桌，他在军校锻炼了几年变得更帅了，而且那种气质让人分分钟想掀开他的衣服数数他有几块腹肌。简单的寒暄过后，我跟三爷手拉着手继续下楼，忽然想知道他会不会吃我后桌的醋，于是一本正经地跟他说："×××（我后桌）越来越帅了呢！"

结果三爷又不按照正常剧情发展套路走，他仰头看了一眼上边的楼梯，星星眼里全是不舍："真的很帅哎！要不然我们回去和他再玩一会儿吧？"

我黑着脸把他拖走，并且暗暗发誓以后决口不提我后桌了。

11

我问三爷："你是从什么时候开始喜欢我的？"

三爷眼都不眨地迅速回答："见你的第一天。"

我不信，但又敌不过好奇心，于是继续问："因为我给你拿了张表还告诉你要写哪些内容，你就喜欢我了？"

三爷摇头："不是，是那天在教室里，你坐在我后面，当时你跟××在聊天，你穿了一件紧身的迷彩背心还套了一件宽松半透明的白色背心，你们说了什么很好笑的事情，你一直在笑，笑得眼泪都出来了。"他一边说着一边掏出手机给我找了个[笑cry]的表情，"你笑得就跟这个小人似的，然后我就喜欢上你了。"

这是我听过的最不浪漫的一见钟情，他喜欢我居然是因为我笑得像一个表情包。

12

高中毕业的那年夏天，我经常晚上睡觉前给三爷发消息说："给我讲个笑话吧。"

三爷就上网搜冷笑话，诸如"一个火柴走着走着摔了一跤然后它就点着了"这种，每次讲完一个我都会说"不好笑"，然后道别说晚安。

那年高考他成绩不如平时好，在往清华北大跨另一只脚的路上劈了个叉，暑假的时候心情不太好，志愿都是他爸妈商量着报的。

我是考完了就疯玩，也完全没操心报志愿的事。

于是，通知书下来了，我俩天南海北地分开了。暑假也快结束了的时候，我忽然有些失落。在这种失落状态的引导下，我在空间发了条说说："三爷，我们异地恋吧。"

很多高中同学不明就里地在下边留言祝福，但是，三爷什么话都没回。

我本来只是无聊发了条状态，他这么不理我反倒激发了我的斗志，找他私聊问他要不要异地恋，他直截了当地拒绝我："不要。"

我说："异地恋的话我们平时有空就聊天，然后你在厦门玩你的，我在北京玩我的，互相不打扰，这样多好啊！"

他只是重复："不要。"

我的斗志在他的拒绝里迅速瓦解，回了他一句："不要拉倒。"

很久之后，我又翻到那条说说，问他："你当时为什么没有回复啊？"

三爷答："刚看见的时候吓了一跳，正组织语言接受你的告白，结果你又跑过来跟我说什么各玩各的，就生气了。"

我"哦"了一声，迅速岔开话题。

过了几天发现三爷在那条说说下面暗戳戳地点了个赞。

13

因为发说说的关系，暑假的最后几天我和三爷的关系有点儿暧昧，那天我让三爷讲故事，他讲了一个关于"BF"的故事。

七岁的时候，小男孩对小女孩说：我是你的BF。

女孩问：什么是 BF？

男孩说：就是 Best Friend。

十七岁的时候，他们恋爱了。

男生对女生说：我是你的 BF。

女生问：什么是 BF？

男生说：是 Boy Friend 的意思。

几年后，他们结婚了，有了可爱的孩子。

丈夫对妻子说：我是你的 BF。

妻子问：BF 是什么呀？

丈夫看了看他们的孩子，答道：是 Baby's Father。

后来他们老了，老得走不动路了。

老公公对老婆婆说：我是你的 BF。

老婆婆最后一次问道：什么是 BF 啊？

老公公坚定地告诉她：Be Forever！

　　我听完以后特别感动，跟他说："你也是我的 BF！"

　　他好像有点儿不好意思，假咳了两声："这不讲故事呢，你不要代入感那么强。"

　　我逗他："你是不是想多了呀？我说我们是最好的朋友，变成老公公老婆婆还能一起嗑瓜子聊天的好朋友！"

　　他更不好意思了，想了半天也不知道怎么说合适，最后只好又用那句话回我："对啊，我是你的宇宙第一好朋友嘛。"

那一年我们还是 Best Friend。

某一年或许就变成了 Be Forever。

感情这东西，谁说得准呢！

> 小布
> 手记

发现写到这里的时候画风忽然变得文艺，我虎躯一震，十分慌张……我才当段子手没几天，就遇到了事业上的瓶颈期吗！这可怎么办！

我想了半天问题到底出在哪儿，最后只想出来一个可能性——三爷的画风变了。

是的，他在跟我好之前就是这种纯良少年的画风，一个不爱说话、只会安静地看着你笑的小言男主性格，和后来那个嘴贱得让我分分钟想把他扔进湖里的神经病完全不是一个人！

有人说：这是一个文艺青年被一个逗逼带成了文艺逗逼的故事。我表示不服。

第三章

偶尔智商爆表的
正经模样

WOXIANQIDEYANGZI
NIDOUYOU

我们这对 CP 里，我负责智慧与美貌，三爷负责找碴儿和犯蠢，对，就是这样的……当然，三爷偶尔也会有智商爆表的时候。

1

高中的时候不爱写作业，可是胆子小得跟芝麻粒儿似的不敢不交作业。于是每个月大休回来，我一定是最早一个到教室的（为此，我专门申请了拿钥匙开门的光荣职务），到了教室就老老实实地坐在座位上，眼巴巴地盯着门口，等好心人来解救。

这个好心人，通常是三爷。

那时候也借过别人的作业"参考"，后来发现还是三爷的正确率高，而且步骤也不会太烦琐，同时还能占据大部分答题空间，于是就特别喜欢借三爷的作业。

对于一个单纯的高中生来说，能借作业给人救急的同学都自带圣光！所以，每个大休返校的那天，我看三爷就跟看见肉骨头的狗似的，目光从他进门就开始黏在他身上，一直到他坐下拿出作业，再到走过来放在我桌子上，这个过程中他的每一个动作都无比有魅力！

印象特别深的是有一年暑假，我的《暑假园地》有一大半计算题都没写，虽然知道老师肯定不会看，可心里还是不安，于是给三爷打电话求助。

三爷说："我写完了，你来拿吧。"

我欢欣雀跃地坐上公交车，从老城区坐到新城区去找他。我记得一下车，就看见三爷站在站牌下等我，见到我什么话都没说，直接把作业交给我。

我傻愣愣地接过去，说了句"谢谢"，转身看见回家的公交车也来了，于是忙慌地跑到马路对面坐着车就走了，直到坐在车上才想着这样拿了作业就跑是不是会显得很没良心？

多年以后，我坚信三爷借我作业是勾搭我的第一步，我问他："你是不是做题的时候知道我喜欢找步骤少的，所以故意写得特别简略？"

三爷疑惑脸，然后答："你说寒暑假的那个书吗？那玩意儿有答案啊，你随便放两个公式上去再把答案写上就行了，老师又不看。呃，你是又误会我了吗……"

最后知道真相的我眼泪掉下来。

2

度过了高中毕业那个暧昧的暑假以后,怀着对新生活的好奇和向往,我们各自开始了大学生活。

军训和认识陌生人的兵荒马乱时期过后,我忽然有点儿想念三爷,于是在某个月黑风高的夜晚给他发了微信。

我懒得打字,语音发给他:"你在哪儿呢?"

三爷回的语音里声音嘈杂,他说:"在吃饭。"

我那一瞬间莫名地有些失落,好像是感觉到了他的新生活很丰富多彩,并且那个新生活已经没有我这个"宇宙第一好朋友"了,我说:"哦,咱们聊天吧。"

三爷改成了打字:"你说。"

我也打字:"咱俩异地恋吧。"

三爷问:"为什么?"

我很无语,他是十万个为什么啊?

我开始瞎扯:"你看冬天都来了,这么冷的日子里两个人抱团取暖总比一个人挨冻好吧?"

三爷告诉我:"厦门这边的日间温度是28℃,我穿的是背心裤衩。"

我竟无言以对,只好说:"你继续聚餐吧。"

那以后,我三不五时地联系一下三爷,有时候是开玩笑,有时候是被他噎的,我不止一次地提出了"异地恋"这个极有建设性的提议,可他总是拒绝。

最后，越挫越勇的我告诉三爷："咱们异地恋吧，认真的，我不玩，我们都不找别人。"

三爷这次回得很快："好。"

我有点儿反应不过来："……这样就行了？"

三爷反问："不然呢？"

后来的几个月，不知道为什么，我总有一种跳进三爷挖的坑里的感觉。

恋爱以后我也提出过质疑："为什么是我追你，不行，你得再追我一次！这对我不公平！说出去太丢人了！"

三爷那时候已经不是当年的好少年了，他懒懒地敷衍我："我先喜欢你，你先追我，多公平。又不是十七八岁的小孩子了，别闹了，去吃烤肉吧！"

我一边控制不住脚步地跟着他走，一边心里委屈得要命——虽然"不是十七八岁的小孩了"，可我才十九岁啊！

3

三爷的心似乎总是很大，我有时候会很作地帮他找点醋吃。

有一次看见以前对我有好感的一个男生发了条文艺小清新的状态，立马给三爷打电话，故弄玄虚地胡扯："我掐脚一算，这孩子是在怀念我呢！"

三爷当时正在打游戏，耳朵与肩膀夹着手机，不时传来游戏人物的叫喊声，他有些不在意地问："嗯，然后？"

我抓狂："你就没有危机感吗？"

三爷淡定地说:"有什么危机感?他有新欢,你有我,还能有什么事?"

我吓唬他:"你不怕他对我旧情复燃,我跟他干柴烈火吗?"

三爷先是鄙视了一番我的语文水平,然后告诉我:"半年以前怕,这会儿不怕了。"

我瞬间了解了他话里的深意,心酸地说:"你玩吧……"

挂掉电话以后我就跑到门后的镜子那儿左看右看,问室友:"我是不是比开学的时候胖了?"

室友毫不留情地打击我:"你才知道吗?胖了不止十斤好嘛!"

我从来没想过这个问题,吓了一跳,从柜子里找以前的裤子裙子试穿,发现……居然都穿!不!上!了!

这状况让我很难过,为了让三爷有危机感,我决心减肥,晚饭不吃,一天只吃两顿。这么过了一个星期,瘦下来了三斤,我喜滋滋地跟三爷汇报。

三爷很震惊地问:"你在减肥?"

我说:"你才知道啊……是有多不关心我!"

三爷无语:"你没告诉我,我怎么知道。瘦了几斤了?"

我一脸的骄傲:"三斤!"

三爷居然笑着告诉我:"那效果一般啊,我看人家减肥是三顿饭都不吃,就吃点儿水果,你晚上不吃,白天那两顿吃得那么多,怎么能瘦下来?"

我觉得他说得十分有道理,于是第二天开始只吃苹果和鸡蛋。

过了一天、两天……第三天的时候，我收到了一个零食快递，盒子上写的是"给小布的室友"！

于是她们欢呼着一边拆包装，一边就吧唧吧唧地吃开了，我坐在床上幽怨地看着她们，默默地掏出手机："为什么要这样……为什么不给我买？"

三爷严肃地答："你先减肥，等你瘦下来了我再给你买。"

我听着三爷无耻地诱哄，又看看吃得欢乐的众人，扑倒哀号："我不减肥了，我也要吃果冻，我也要吃巧克力，我也要吃榴莲干，亲爱的，我错了！你给我买吧……"

三爷的语气瞬间就变了："就是嘛，肉肉的摸起来手感才好啊，你的包裹过两天就到了，乖哈！"

我为身上的肉肉们默哀了几秒钟，然后就扑到床下去和室友们一起抢零食了。

室友说，把我养胖的这个歹毒计划，是三爷做过的最机智的事。

4

有年春节，三爷上午去我家拜年，拜完了打算坐公交车回家，在车站等了一分钟，忽然觉得可能没有车了，于是照着站牌上的电话给公交公司打电话，那边的接线员说："确实没有车了。"

三爷确认了一遍："一辆车都没了？7路、18路都没了？"

接线员回答："是的，初七之前末班车就到中午十二点，现在没车了。"

于是三爷就往家走，走着走着看见了一对情侣在等车，他过去跟人家说："没车了，我给公交公司打电话问过了，你们不要等了。"

那对情侣连连跟三爷说谢谢。

就在三爷感觉自己做了一件好事的时候，身后响起了按喇叭的声音，他扭头就看见来了一辆7路车，后边还跟着一辆18路车。

三爷很尴尬，在那对情侣上车的时候，他选择了走路回家。

他很有原则地告诉我：宁愿被当作一个捉弄情侣的无聊的人，不能被当成一个智商欠费的傻叉。

5

有一次三爷出差回北京，我从学校坐地铁去接他，我们都要换乘很多次地铁，但是在约定见面地点要转的最后的地铁线是一样的。

那天特别巧，我们刚好坐了同一趟地铁，只是车厢不一样而已。

一下车我就看见了从前一节车厢下来的三爷，他穿着橙色的羽绒服，拖着褐色的行李箱，像个自带土壤移动的大橘子。

我没有叫他，想象着他到处找我找不着，一回头发现我在灯火阑珊处时的欣喜。

事情确实和我想的一样，三爷在离出口不远的地方停下了，四下张望，希望能快点儿看到他心爱的姑娘。忽然，他转过脑袋，瞧见了……哎，等等，我在后边呢！头转四十五度就停住是怎么回事！

我朝着三爷看的地方看过去，发现墙壁前边站了个身高和我差不多，发型和我差不多，关键书包和我也是同款的姑娘。

眼瞅着没戴眼镜的三爷朝着那姑娘就去了，我很害怕他会给人家一个热情的拥抱，连忙扯开了嗓子喊："三爷，我在这儿呢！这里！"

我的声音太有吸引力，半个地铁站的人都看向了我，包括迷失了几分钟自我的三爷，拖着箱子连忙走到我身边。

我挺生气的："你居然会认错人！你连你女朋友都能认错！"

三爷拉着我的手，特别冷静地答："胡说，我走了一步就认出来她不是了，她哪里有你漂亮！"

如此机智的回答成功地取悦了我，原本的气愤荡然无存，只剩下满满的对他的喜欢。

当我打下这段文字时，三爷端着水杯站在我身后窥屏，直到最后一句话打完，他狂笑着差点儿把水洒出来。他告诉我："我当时说的是'她哪里有你胖啊'。"

(╯'□')╯︵┻━┻还能不能愉快地玩耍了？！

● 6

我偶尔（大多时候）犯懒，喜欢指使三爷去帮我查什么资料、买什么东西、给谁发个邮件等等。

有一天，我躺在床上看小说，想起来要给老师发个材料，于是给三爷发短信。

我："你把上次我用你电脑存的那个资料发给我们老师，我邮箱里有他地址。"

三爷："急吗？"

我："不急啊，但是你别忘记哦！"

三爷半天没回音，一个小时后我又给他发信息。

我："亲爱的，你给我发了吗？"

三爷："我晚上再弄！我现在肚子疼，不想弄。"

我："为什么？为什么肚子疼？"

他没回，我担心地想，看来疼得挺厉害啊，关心道："你现在在干吗？吃药？喝点热水？躺一会儿？"

结果依然是半天没回复，大概二十分钟后，他才回短信。

三爷："我在打游戏转移注意力！"

我："你MB……"

7

看小说里总有"摸头杀"，我觉得那样挺可爱的，但并没有觉得很浪漫什么的。

有次在公交车上，我坐着看小说，三爷站在旁边扶着栏杆。

我问："你听过'摸头杀'吗？"

三爷："听过，但只限于听过，不知道什么意思。"

我随口开始胡扯："'摸头杀'是古代一种武术招式，手里有暗器，摸你脑袋一下你就死了，所以叫'摸头杀'。"

三爷好像信了，又问："哦，那在现代是什么意思啊？"

我继续胡扯："在现代就是形容人很厉害，挥挥手就能让人死。"

我旁边坐着的那个姑娘已经开始笑了,三爷看看她又看看我,一副不相信的样子。

后来,很久以后,我们中午一起午休,他手臂从我上方环绕过去,手搭在我脑袋上,很温柔地摸了摸。

当时真的觉得心里一片柔软,才明白大家说的"好苏啊"是什么意思。

三爷看我闭着眼不说话,忽然笑着说:"我挥挥手你就死了,是这个意思啊。"

我:"……"

8

有次三爷回北京,但我晚上要上课,于是他陪我吃了晚饭打算送我去教室。那天编辑发信息和我讨论剧情,所以吃饭的时候我一直盯着手机回信息,正跟编辑谈在兴头上嘿嘿傻笑的时候,三爷忽然把筷子一摔。

我抬头看他,笑容还僵在脸上。

三爷双手一交叉,冷哼一声:"你别玩手机了!"

我刚要说是在谈正事,三爷把筷子拿起来,疯狂地把我碗里的鸡排都挑走吃了,一边吃一边说:"你跟手机谈恋爱去吧!"

我看他生气了,连忙把手机收起来,开始认真地吃饭——主要是肉都被快他抢没了。

吃完饭看他还是有点不高兴，我拉着他在卖糖葫芦的摊位前晃悠："给你买串？"

三爷傲娇地把头扭向一边，然后从兜里拿出钱包扔给我："我要吃糯米馅的。"

我点头哈腰地拿着糯米馅糖葫芦递到他嘴边，他吃了一个以后脸色好了点儿，冲我扬扬头："你也吃吧。"

我连忙谢恩，和他一人一个地吃着往教学楼走。

三爷有一口没咬好，只咬下来半个山楂，我吃下一口的时候撸下来一个半。

他着急地冲我喊："我的糯米！我的糯米！"

我半个山楂含在嘴里，另外半个露在外面，仰着脑袋冲他含混不清地说："来吃。"

三爷低头看着我，忽然说了句："好恶心啊。"

我心想这家伙蹬鼻子上脸啊，哄了半天了还这么张狂，正要骂他一句"大胆"，他又来了一句："哎，真是拿你没办法。"

我还在想什么没办法的时候，他弯腰把露在外边的半个糖葫芦给吃了。

下意识地，我回了一下头，看见我的室友们就站在我背后，目瞪口呆地观赏了全过程。

显然，三爷早就看见她们了。

回想起那句"好恶心啊"，我只能含着泪表示：三爷这个锅甩得真漂亮……

小布手记

　　三爷虽然不知道我写的什么内容，但还是机智地察觉到我一直在黑他了，为了安抚他，我决定专门写一章来赞扬他！

　　我问三爷："你能不能想起来咱们在一起的时候你机智的情况？"

　　三爷说："一般我是正常发挥，你所谓的我机智的时候其实都是你蠢的时候……"

　　我想了想，决定停止这个话题。

　　呵呵，我怎么可能有蠢的时候！

第四章

情商是负数的嘴贱少爷

WOXIANQIDEYANGZI
NIDOUYOU

不知道从哪一天开始，三爷忽然就变得说话特别呛人了，就像是他十六七岁的叛逆期延迟到来一样，曾经对我的柔情都被扔到海里喂鱼了，只留给我一个嘴贱少爷的倔强背影。

1

最常见的就是吃饭这件事。

我："亲爱的，我们晚上吃什么啊？"

三爷一副好男人的模样："随便，什么都行啊，我无所谓，你想吃什么咱们就吃什么。"

我看着街上的店面，随便一指："那我们去吃猪蹄好不好？西街烤猪蹄好像不错的样子，我一直想吃。"

三爷"哦"了一声，然后皱着眉头看我："可我最讨厌吃猪蹄了。"

我继续往前看："这样啊……那咱们去吃吉野家吧，你不是很喜欢他家的双拼吗？"

三爷摇头："现在有点不太想吃米饭。"

我已经有点不高兴了："要不咱们去吃麦当劳……"

三爷没有眼色的答："我很讨厌快餐，不想吃汉堡。"

我无语："……那你说吧，咱们去吃什么？"

三爷还是开始那张宠溺男友脸："随便啊，听你的。"

我当时已经气得面前有张桌子分分钟掀翻的状态，瞪他一眼："吃屁吧你！"

三爷惊恐状："宝贝儿你喜欢吃那个啊？"

然后他很娇羞地把手往屁股上一放，再握成拳放在我脸前："准备好了吗？！"

我："……"

2

三爷整天说最喜欢我肉乎乎的，甚至表示高中的时候没有勇敢追求我，是因为我"那时候瘦得跟猴儿似的，根本没现在这样好看"，要是当时我胖个十斤，他"早就行动了"。

我一面说服自己男人都是骗子，不能随便相信，不能胖；一面又忍不住摇着尾巴接受三爷的投食……可三爷这家伙却不能做到心口如一，一不留神就会嘴欠地说些伤害我也伤害自己的话（一般他伤害了我的自尊我就会伤害他的健康）！

寒风凛凛，我看着街上的小姑娘们冻得走路打哆嗦，骄傲地跟他说："虽然我胖了，可是这样御寒能力明显增强，别人穿得很臃肿我却可以穿得很少很好看呢！"

三爷冷笑一声："别骗自己了，他们根本不看你穿得多还是少，只看脸。"

我一个跳起回旋踢。

称体重的时候，我对着液晶屏上的数字黯然伤神，三爷路过瞄了一眼，拍拍我的肩："我就喜欢你圆滚滚的。"

我仰头问："要是变瘦了怎么办？你就不喜欢我了？"

三爷严肃地答："别瞎说。"

我还没来得及开心感动，他又补了一句："你怎么可能变瘦。"

我一个跳起回旋踢。

有天晚上我们聊天说中午吃了什么，他说："我中饭一共花了十四块。"

我骄傲地表示："我只花了七块。"

三爷嘴角一耷："不开心，我居然花了你两倍的钱。"

我偷笑着安慰他："不要难过，反正你体重也是我的两倍，这样平摊下来每块肉花了差不多钱。"

三爷沉默了几秒，很严肃地跟我说："你不要欺骗自己了。"

我走过去一个漂亮的跳起回旋踢。

因为我用手机号注册淘宝的时候被提示说号码已被征用，我只好换成三爷的手机号注册，后来为了方便，我基本上所有的网购账号都用三爷的手机号注册，两个人各种账号都是共用的，好处是我没钱了可以直接用三爷的快捷支付，坏处是完全没有秘密。

有一天三爷打电话给我，说有发货信息，他就点进去看了一眼。

我说："哦，新买了条裙子。"

他冷笑一声："我看见你和淘宝老板的对话了，身高【消音】，体重【消音】，嗯？"

我没反应过来："对啊。"

三爷又是一声冷笑："竟然一直拿真实数据减十斤的体重骗我，你这个女人，好有心机。"

我脑海中的小人一个跳起回旋踢……

3

有天中午起床没几分钟就接到了三爷的电话。

三爷问："在干吗呢？"

我嗓子还没醒过来，声音比较轻："刚起来，要去图书馆了。"

三爷："哦，我要睡一会儿。"

我："自己调个闹钟哈，我怕我忘记叫你，你下午还有事不是？"

三爷："好的。不过，你的语气为什么这么温柔？怪怪的…"

被夸温柔的我蒙蒙地问："有吗？可能刚起床神志不清楚吧。"

三爷的声音疑似撒娇："哦，我知道了，你没有起床气！"

我发动反撒娇技能："对呀，只有你有起床气，我这么温柔你喜欢吗？"

三爷沉默了一会儿："你没有起床气，可是你有脚气！"

我冷冻起所有技能，嗓子也打开了，一嗓门把楼下的狗给吓得狂吠："你大爷！滚一边去！"

三爷乐呵呵的："啊，这样感觉好多了。"

4

有次跟三爷一家人去逛宜家，逛了一上午，要走的时候三爷的爸爸妈妈上厕所去了，我们俩抱着一堆东西在门口等他们。

百无聊赖的时候，三爷突然转动脑袋左右看了看，然后看着我，一脸的遗憾："好多人啊。"

我不知道他想干吗，还没问，就见他看了眼厕所的方向，然后用很坚定的语气说："不管了，来不及了，他们快出来了。"

我忽然意识到他是想亲我，矜持了两秒钟，闭上眼睛。

结果闭着眼等了好久都没见三爷有动作，待我睁开眼睛才发现他居然不！见！了！

我抱着硕大的花瓶，抻长了脖子找他，终于在食品区长长的队伍后面看见了排队的他。

他一边舔着甜筒，一边举着另一个甜筒邀功似的朝我走过来，我默默地想：这要是在一部正经的爱情电视剧里，三爷你活不过三集的你知道吗？

5

三爷的少爷病特别严重，主要表现在特别懒上，三爷的爸爸不止一次地跟我痛斥过他吃鱼的故事。

有一次我去三爷家吃饭，他爸特意红烧了一条多宝鱼，结果鱼脊柱上那块肉不知道为什么特别紧实，我夹了半天都夹不下来。就在我打算放弃，换个地方夹的时候，听见三爷的爸爸小声嘀咕了句："咋这笨呢……"

我："……"

为了改变在未来公公心中的形象，我继续去夹那块不愿意和鱼骨分离的肉，终于夹下来的时候忍不住悄悄长舒了一口气。

三爷爸爸大概也是看气氛有些尴尬，于是开启教训儿子模式，对着我说："你看他平常不吃鱼吧，他不是不爱吃，他就是懒得挑刺。你说这得懒成什么样子才连个鱼刺都懒得挑！"

三爷辩解："我不是懒，是被刺卡住过有阴影！"

三爷爸爸嗤笑了一声，夹了又大又嫩又没有刺的一块鱼肉放进三爷的小碟子里，三爷拿筷子捅了一下立马就吃起来。

三爷爸爸画外音吐槽："你看他吃得多欢快啊！你说他多懒！"

我观赏着三爷一分钟前后的打脸行为，发现我未来公公目光如炬！

6

听同学说理科男的心都大，我觉得还是说情商低比较合适……

有次我坐火车，玩到半夜手机快没电了，我给三爷发信息，弱弱地问该怎么办，我要是关机睡觉没电了出事找不到他怎么办。

他回复："睡你MB起来嗨！"

我其实只是想让他安抚几句不会出事的赶紧关机睡觉，结果这货给我的建议却是："去走廊里充电去，一边充一边玩充满了再睡。"

我看了看已经熄灯全黑了的车厢，在深夜一点半的卧铺上沉默了。当年那个连我拿个快递都担心我让人家绑走的男朋友去哪儿了……

7

有次我洗葡萄，把一整串葡萄一粒粒地揪下来冲干净放在盘里，烂的破了的都扔掉，认认真真地摆了盘，还在旁边放了个榴莲班戟，三爷当时正在玩游戏，我把盘子放在他手边，放上个叉子让他吃点儿。

三爷嗤之以鼻地说："吃个葡萄而已，你搞那么麻烦干吗？"

我没理他，去厨房把中午要吃的排骨炖上，前后不到十分钟，等我回来的时候就发现盘子已经干干净净的了……

我抓狂地冲他喊："你不给我留点吃就罢了，你好歹让我拍完照啊！我洗了那么久！摆盘那么久！就是为了发条状态啊！"

三爷吓得一个哆嗦，拿过那个盘子放在嘴边，一张嘴，最后一粒他还没来得及吃的葡萄掉在盘子上……

他惶恐地问我："还，还拍吗？"

我心里的一百个小人跳起回旋踢。

8

大概是跟三爷太熟悉了，这么多年能说的话也说得差不多了，除了对我俩都关注的新事物偶尔讨论一下，平时我们的相处模式更倾向于靠在一起各玩各的。

于是在三爷要回武汉上班的前一天，我们约定好了都不许玩手机，要待在一起过充实的一天。

因为我有小说的更新任务没完成，让他先看电视等我一个小时，结果写到一半的时候发现原本在沙发上坐着的三爷不见了。

我没管他，加快速度赶小说，写完了抱着电脑去卧室找他的时候，才发现他躺在阳台上玩手游。

我生气地过去踹了踹他小腿："不是说好了今天不许玩手机吗！"

他立马锁屏把手机揣进裤兜里，闭着眼假装自己在晒太阳。

我更生气了："我又不瞎！我都看见了！你在玩手机！"

他振振有词地反驳："我们的约定是为了不影响正常生活，可是你刚才在码字，根本没空理我，所以我可以玩手机！"

我黑着脸："那你玩吧，玩一整天也不影响我！我现在心情很差，不想和你出去看电影逛街了！"

我把电脑放好了就推门出去，因为我俩住在奶奶家，也不能大声争吵，我出了卧室就去厨房帮奶奶做饭去了。

后来我被奶奶赶出厨房，拿着水果坐在客厅沙发上打算拌一份沙拉，三爷从卧室出来，沉默地坐在我身边。

我们就这么气氛诡异地并排坐着，谁都不出声。

后来我削了一个苹果，切块之后留下了挺大的一个带果肉的核，我拿着那个核冲三爷说："你把这个啃干净了，我就跟你和好。"

我和三爷都特别不爱吃苹果，他是因为外婆家有果园，小时候吃伤着了，我是有阵子突发奇想要减肥，每天不吃饭就吃三个苹果充饥，后来肉没减下来，倒是对苹果有了不好的记忆。

总之，三爷盯着那个苹果核有半分钟，然后不情愿地问我："真的吗？"

我点头。

他拿过去吭哧吭哧地啃完了，我猜他都没尝出来什么味儿。他笑嘻嘻拉了拉我胳膊："我们现在和好了，你别生气了。"

我看着他讨好的样子，心情好了不少，继续切水果，又削了一个苹果的时候他很主动地把核拿过去吃了，然后得意地冲我说："我预支了一次和好机会，这样我今天还可以惹你生气一次！"

我："……"

怎么会有人这么直白地跟别人说"我还可以再惹你生气一次"这种不要脸的话啊？！

我努力平复下心里的火气，和颜悦色地告诉他："好的，你预支的这次和好机会用完了。"

9

我最不喜欢夏天了，因为不想动弹，一活动就特别容易出汗。

可是暑假是我能和三爷经常见面的时间，所以为了真爱，我还是经常约三爷顶着日头一起去看电影、逛街。

平时不好好运动，常常是才走了两条街，三爷还气定神闲的，我就已经不停地拿纸巾擦脸擦脖子了。

有次我擦完脸，发现手帕纸是残破的，于是问三爷："你看我脖子上有没有沾上纸屑啊？"

三爷低头看了一眼："哦，好多呢。"

我仰头做出可爱的笑脸:"你帮我把纸屑捏掉啊。"

三爷点头:"好的,没问题。"

然后他就弯腰认真地一点纸屑一点纸屑地用两根手指捏起来,后来觉得这样太慢了,就用拇指摩擦着扫,然后扫着扫着就笑了。

我依然在摆出可爱的仰头笑脸表情,疑惑地问他:"你笑什么啊?"

三爷一本正经地反问:"我笑了吗?"

我伸手比画了一下他嘴的位置:"你嘴都咧到耳根了。"

他更乐了,从我包里掏出我的小镜子:"你自己看看吧。"

然后我拿着镜子照脖子,发现脖子上已经被他搓得一道一道红了,这不是重点,重点是……他搓出来好几个灰卷卷!

我尴尬地笑:"咳咳,我只是,只是容易出汗,你知道的,我每天都洗澡的。"

三爷也笑:"嗯。"

他的笑是那种贱得让人不想看第二次的笑,好像洞悉了你十七岁还尿床而且连着尿了好几次那种了不得的大秘密的感觉。

被冤枉了的我接下来的一周都拒绝了他的约会邀请,感觉不能再好好做朋友了。

10

读大一的时候我选了很多校选课,跟人说起来的时候特别拉风,拉风的代价是期末的时候我写不完作业。所以一般学期末都是我和三爷的吵架高峰期,我会压力很大并且脾气暴躁,三爷是我被各科作业折磨疯了的时候主要的(唯一)求助对象。

有一次有一门校选课有个加分项作业，我到截止日期了才想起来没做，手头还积着一堆作业，我只好无耻地跟三爷打电话。

我："亲爱的，有个校选课的论文，属于加分项，不太严格的，你帮我做一下好不好？"

三爷："怎么做？"

我："就是有几篇英文文献，你英语那么好，肯定一会儿就看完了。"

三爷："嗯，看完然后呢？"

我："看完了翻译一下，然后查找相关资料。"

三爷："这样就可以了吗？"

我："不是啊，你还要整理这些资料，然后写成论文。"

三爷："那你干吗？"

我："我？我给你打电话求助啊。"

三爷沉默了十几秒。

我："你不爱我了吗……"

三爷开启说教模式："宝贝儿，你这样不行啊，你这样什么都学不到的。"

我开启无理取闹模式："别人都有男朋友，别人的男朋友都陪她们逛街上课泡图书馆，如果你也在我身边跟我一块儿查资料，我肯定很快就写完了，可是我们要好几个月才会见一次面，你不能陪我我就不说什么了，异地恋嘛，我知道你也不好过，可是我只是提一个小小的要求，让你帮我写个作业你都不愿意，你怎么能这样……"

三爷："……"

我继续:"宿舍里的人都写完了,她们都在玩,在看电影看漫画,只有我还没写完,你知道这样压力很大的,我本来周末就要上双学位,她们周末写作业的时候我得上课,她们玩的时候我要写作业,她们写完了我却只能在这里着急,过两天还有期末考试,也没复习,我都快崩溃了⋯⋯"

三爷问:"你确定她们玩的时候你在写作业?"

我厚着脸皮答:"那我上课很累嘛,就多睡一会儿啊,我要不是困得睁不开眼睛身体怎么会自己躺床上去?"

三爷吐槽:"你明明躺在床上打游戏⋯⋯"

我生气:"反正你这么多借口就是不想给我写是吗?"

三爷:"我也有自己的事啊。"

我冷笑:"自己的事?打游戏吗?哦,呵呵,那你忙吧。"

三爷也有些不高兴:"你别这样,你先让我把我这边的作业写完了再给你看。"

我说着反话:"不用了,不敢麻烦你,我自己看吧。"

然后压力很大的我越想越伤心,蹲在走廊墙角就开始哭。

我一哭,三爷就妥协:"你哭什么啊,我没说不给你写,你先自己看一会儿,我写完作业就给你看行吗?"

我抽噎:"你就是不爱我了,不然怎么会推三阻四的。"

三爷又开始说教:"你哭也解决不了问题啊,有这个时间你可以看好多了。"

我继续抽噎:"那你怎么不早点儿把作业写完了,光和他们玩三国杀,打LOL,不然怎么会这个点儿了还在写作业?"

三爷沉默。

我追问:"你为什么不说话?"

三爷:"我也快崩溃了……"

我:"我的论文十二点之前要交到老师的邮箱(抽噎),我不和你说了,你写作业去吧。"

三爷抓狂:"你都这么说了,我还敢写作业吗?"

他大概看了看时间,又说:"这会儿都十点半了,你下次要让我写也提前个半天好吗?"

我理亏地答:"哼,我不和你吵架,你先给我写吧,写完了我再跟你吵。"

三爷威胁说:"那你就等着交不上作业吧。"

还没等我回答,他就愤怒地挂了电话。

十一点半的时候,他给我发短信:"作业已交,我在论文的后记里写了这篇文章是小布男友主笔的,希望老师给高分,Goodluck,晚安。"

还在题海里奋战的我惊出一身冷汗,赶紧打开邮箱去找刚提交的作业,结果什么后记都没有。

我给他发短信:"骗子,吓我一跳!"

三爷:"给你增加点吵架的槽点嘛,吵啊,吵啊你。"

我对他幼稚的挑衅视而不见:"原来你一个小时就能写完了,下次还有这种事我可以等到十一点再找你了。"

三爷:"……"

写这个故事的原意是吐槽三爷情商低,可写完了忽然发现那时候的我多么不懂事，或许十八岁开始的恋情总归不够成熟，十八岁的我们还不懂如何相处，感谢这么多年我们的磕磕碰碰，感谢情商低的三爷心够大，感谢彼此的包容让这段感情走到了现在。

11

说起吵架，很多时候三爷都是因为看不透局势，让他去做件什么事，他总要等到我生气以后才会有所行动。刚开始谈恋爱的时候，我一生气他就会很紧张地各种哄我，后来就发展出了一种特殊的模式。

只要我生气，他就会比我还生气。

结果常常最后变成我先给他台阶下，然后他立马摇着尾巴和我和好的局面。

比如我来大姨妈肚子疼，心情烦躁地做错了什么事情，会朝他生气不理他，然后他就比我还生气，等我气消了觍着个胖脸去找他，问他："你气什么？"

他自己也不知道气什么，大概是生气我的态度，但是这种话和好的时候不能说，他就会随便把锅甩给不相干的事物："我气你来大姨妈！"

我常常炸毛，他并不给我顺毛，而是跟着一起炸。

只有一次，我印象比较深，那大概也是他情商意外迸发的一次。

当时我们在姐姐家度假，姐姐家的小外甥因为玩完玩具不收拾，被他妈妈训了一顿，小家伙委屈地哭着抹眼泪，扑到我姐怀里，号叫着："妈妈你不爱我了吗？"

我姐心软了，跟他说："妈妈爱你，但是你得收拾玩具，不然妈妈很生气。"

小外甥就一边哭一边去收拾，不时地回头看看我姐，嘀嘀咕咕的："妈妈爱我，妈妈生气了也爱我。"

这一切都被坐在沙发上跟着小外甥玩玩具却没有收拾的三爷看见了。

后来我因为和三爷都睡过了头，耽误了我们原先去海边的计划，我很生气地对三爷说："你为什么没起来？"

三爷那次没说"你不也没起来"这种火上浇油的话，而是忽然抱住我，可怜巴巴地问："你不爱我了吗？"

我把他推开："不爱了。"

他又抱上来："你骗人，你爱我，你生气了也爱我。"

那是我头一次觉得有个比自己小的男朋友虽然跟带儿子似的容易心累，但有时候好像还挺有乐趣的。后来我们改变计划去了风情街玩，吃吃吃的行程比去海边晒太阳什么的有意思多了！

12

大概因为以前没事找笑话给我讲，三爷的笑点很高，笑话储备也特别多。

大家一起玩的时候，我总是说话最积极的那个，主要表现在讲笑话上。

我："你们知道大海为什么是蓝色的吗？"

众人摇头，正当我得意的要公布答案时，三爷忽然冷冷地说："因为鱼会吐泡泡，blue……blue……blue……"

在一片捧场的笑声里，唯独三爷托着腮不笑，被抢了风头的我生气地一个劲儿踩他脚。

过了一会儿，我又开始讲："跟别人表白的时候可以先问一句：'你喜欢水吗？'"

朋友依旧捧场地问："为什么啊？"

三爷接话茬儿："因为'如果你喜欢水，就已经喜欢百分之七十的我了'。"

我："<(－︵－)>"

等到大家都笑完了打算进行下一话题了，一直不笑的三爷忽然开始自己乐，在我鄙视的目光下笑不可支："你刚才这个样子好蠢啊，好好笑，哈哈哈哈哈！"

13

某晚我和三爷视频聊天，三爷很高兴，要求我第二天继续和他视频，第二天我睡觉前想起来这事，就给发了视频邀请打算说两分钟顺便说晚安。

结果视频刚连通，三爷忽然惊呼："我去，你今天怎么这么漂亮！"

我昨晚没洗澡，头发油得不行，脸也因为吃太多肿了一圈，眼睛更是睁不开一直犯困。我说："你这是反讽吗？"

三爷盯着我看了半分钟，恍然大悟地说："哦，我知道了！因为你没穿衣服！"

他这话一出，我们宿舍其他人都往我床上看过来……

然而我盖着被子呢喂！就露出个胳膊而已！被子盖得很严实！

感觉在室友面前形象全无……

14

元旦放假的时候三爷来北京陪我跨年。

因为圣诞节的时候我的室友收到了一大捧匿名爱慕者送的香槟玫瑰，她问了一圈都不知道是谁送的，就把那捧花给拆了送给我们宿舍和隔壁宿舍的漂亮妹子。

想到三爷要来，我把包书的包装纸切下来一块把我那朵玫瑰花给包了包，包得特别漂亮，拿街上去能卖好几块钱那种。我脑补着他看见我的时候会多么感动，会不会嘤嘤嘤地哭着扑进我怀里，越想越觉得浪漫，得意地把花藏在了书包里。

那天有个我带的艺考学生来北京，所以我没去车站接三爷，而是接了学生然后在学校帮她安排住宿。刚安顿好学生，三爷打电话说他到学校门口了，我让他去一个路口找我，然后两个人同时向着约定的地点走。

我比他先一步到了路口，从书包拿出花束以后很有心机地站到一棵有路灯的大树下。

昏暗的夜色中，一束光亮打在我手上，我手持鲜花，在树下等着许久未见的恋人。

很美对不对！电视剧里都是这么演的对不对！男女主见面了应该来一个热情的拥抱和火热的亲吻是不是！

然而现实是，三爷走到我面前，安静地看了我三秒钟，然后告诉我："你这样好像一个来相亲的……"

就在我要发火之前，他迅速地接过我手里的花，问："这就是你微信告诉我要送我的小礼物啊？谢谢……"

我和他往住处走，看他全程尴尬的表情，把玫瑰花拿回去了。

他如释重负的样子，讨好地跟我说："还是你拿着好看！"

我冷哼一声，把之前给他买的海绵宝宝眼罩从书包里拿出来给他。三爷特别喜欢海绵宝宝，那个眼罩是我花十块钱买了之后骗他说七十九块钱的"高档货"。

果然，他接过眼罩之后高兴得跟个二傻子似的，走路的步伐都快变成跑跳步了。我难过地想着，果然浪漫的剧情从来不会在我身上降临，童话里都是骗人的！

后来故事的走向让人喜闻乐见，他试戴海绵宝宝眼罩的时候，发现松紧带太短（大概那是女款的），他脑袋太大戴不上，于是悲伤得像个泡了水的海绵蔫在椅子上不说话了。

15

去奶奶家之前我们买了两大袋子水果，三爷一只手拉着行李箱，另一只手提着水果。

我告诉他："电视剧里的男主这种时候都会空出来一只手拉着女主的！"

三爷听见这话，很开心地把水果都放在我手里，空出左手冲我说：

"来吧,来牵手吧!"

我被他拉着走的时候一脸黑线。

不是的,不是这样的……是让你一只手全拿着啊……

16

跨年那天我买了欢乐谷的夜场票,想和三爷去看灯会表演,那几天铺天盖地全是"三里屯疑似会遭恐怖袭击"的新闻,三爷表示我们不应该去人多拥挤的公共场所。

而且那晚开始起霾,三爷说:"雾蒙蒙的你能看清什么?"

我虽然不高兴,但是觉得他说得有道理,于是在官网退票,退票的时候需要填写申请理由让管理员审核,我写"会有恐怖袭击"一直没得到退款通过。

然后,三爷就给客服打电话要求退票。

客服询问取消行程的理由。

他回答:"我们要带着宝宝去玩,那天雾霾太大宝宝会受不了。"

于是客服利索地通过了退票申请把钱退到我银行卡里。

他一脸"我厉害吧"的表情看我。

我憋了好久还是忍不住问他:"这个宝宝,是谁?"

三爷理直气壮地答:"当然是我啊。"

我当时特别想出去买一把"窜天猴"送这个"宝宝"上天。

17

元旦那天我和三爷窝在奶奶家看电视,结果接到三爷大学同学来北京玩的电话，于是我们俩冒着五级雾霾去王府井吃羊锅。从东单一路走过去，就看见一辆辆的大巴，里边坐了一堆穿迷彩的兵哥哥，步行街上更是来来往往的警队。

我跟三爷说："警察叔叔好可怜！"

三爷看了看路过的帅气警队，跟我说："拉倒吧，人家那年纪得管你叫大姐。"

你们知道的，如果不是在外面要给他留面子，我早就跳起来回旋踢了。

小布手记

过完元旦三爷就回武汉上班了，临行前一晚说好送他去车站，结果早上赖床起不来，三爷起来后拍了拍我让我继续睡。我闭着眼睛听他洗漱和走路的声音，立马睡不着了，连滚带爬地起来嚷着："等等我！我送你！我送你！"

我猜三爷虽然每次都说不乐意我送他的时候哭，可他应该很享受我哭哭咧咧的送行气氛吧，毕竟平时都是个挨回旋踢的主儿……

我们的感情从来不是岁月静好,可是我们两个一起,即使在一起的时候居然意外地总能互相消火

第五章

非典型异地恋坚持法则

WOXIANQIDEYANGZI
NIDOUYOU

从大一我们稀里糊涂地确立恋爱关系到如今我读研他上班,这些年我们一直是聚少离多的异地恋,好在各种通讯设备发达,想给对方全方位展示一下新发型的时候可以视频聊天。只是很多时候,尤其是发生了争吵的时候,几十个电话几百条短信,都不如一个拥抱来得实在。

1

三爷答应了我的"告白"后,立马就给我打了个电话,那时我正在自习室做题,听到手机振动竟然有一瞬间的慌乱,关系的转变让我有些不适应。

我拿着手机跑到教学楼大厅,一边讲电话一边围着那个白色的石头柱子转圈。那是初冬,大厅的门开着,不时有风吹进来,我跺着脚取暖,说话的声音都打战。

三爷问:"你很紧张吗?"

我说:"不是,我冷。"

三爷于是又说:"那你回教室吧。"

我答:"那我回去吧。"

我们连声再见都没说,我就被风吹着赶回教室去了。坐下了才反应过来这是我们确立关系的第一通电话,结果什么有意义的话都没聊。

那天晚上我回宿舍后给他打了电话,他挂断了又拨回来。这种待遇我只有在我妈那里得到过,他这么做的时候我忽然觉得很暖。

在朋友面前,我是个能帮全宿舍打热水,一个人提着六个热水瓶上五楼的女汉子;可在三爷眼里我就是个开瓶盖都费劲的小姑娘。他的很多体贴细节都让我觉得,和他在一起的时候我才是不需要伪装的我。

那晚我们聊了一个多小时,聊高中同学,聊大学同学,聊彼此的新生活。

我们的"电话恋情"从此展开。

2

我跟三爷每天睡前都会躺在床上煲电话粥,一聊就是一两个小时,好像话题永远都说不完。终于有一天,我觉得哪里有些不对——这么长时间的通话,不只是我在说,三爷的话也很多。

我问他:"你话一直这么多吗?"

他给我讲了个故事:"大概是我六七岁的时候,在姨妈家玩,吃饭的时候我一直说话,我表姐问我:'你哪儿来那么多话?'我也不知道怎的就蹦出来一句:'我嘴碎。'"

我想象了一下小小的三爷坐在桌子前跟一桌大人说"我嘴碎",

莫名其妙地被萌了一脸血。

这个迷惑我心智的故事讲完后，我印象中那个安静纯良的少年从此一去不复返，变成了一个在外装深沉，对我"嘚嘚嘚"的逗逼。

3

有天我在宿舍里看书，那天风很大，窗户被吹得来回响，还有风过空穴呼啸的声音。

三爷忽然给我打电话："我走过一排大树下，叶子特别绿，阳光特别亮。"

我说："北京刮大风呢。"

三爷说："阳光照在叶子上，我忽然就想起你来了。"

我不懂这个逻辑，疑惑地问："啥？"

他说："忽然想起来，我好喜欢你。"

我整个人对着窗外快被风刮断的枯树枝蒙住了。

那是他第一次对我说喜欢。

4

恋爱后的第一次见面也很囧，那是大一的寒假，他回家后的第二天下午，我们约着出去玩，他来我家小区接我。

出门的时候我妈正在缝被单，我一边换衣服一边跟她说："妈我出去玩。"

我妈头都不抬地随口问了句："去哪儿玩啊？"

我说:"可能去看电影吧。"

我妈就开始教训我:"电影有什么好看的,在家看电视还不一样?非得浪费钱才高兴?"

我笑嘻嘻的:"有人请。"

我妈忽然意识到看电影好像是件挺暧昧的活动,她追问:"和谁去看啊?"

我就说:"××(三爷)。"

我妈立刻接道:"他请你去看电影干吗?"

那时候我和三爷才谈了一个多月的恋爱,我有些不好意思,于是骗我妈说:"大概是想追我吧。"

然后留下我妈自己在家对着新棉被默默消化这个"她家白菜要被别人家猪拱了"的噩耗。

刚出小区门就看见三爷在那里站着,不是因为他个子高,是因为他穿了件正黄色的羽绒马甲。我跑过去,发现几个月没见,我看着他的时候居然有些害羞。

我没话找话,指着他羽绒服上的 logo 问:"海绵宝宝的啊?"

三爷点点头,也有些不好意思,驴唇不对马嘴地回:"我喜欢海绵宝宝。"

我"哦"了一声,真诚地夸赞他:"你穿着挺像海绵宝宝的。"

只是夸完了以后气氛好像变得挺诡异的,他也并没有因为穿得像他喜欢的人物而高兴。

就在我觉得这次约会好尴尬我想回家找妈妈的时候,三爷又开口:

"你想去看电影还是去唱歌?"

我想了想最近没什么好电影,就说:"那去唱歌吧。"

于是我们并肩一路沉默地往 KTV 走。

那天下午人不是很多,我们要了间小包,什么羞羞的事都没做,隔着一米远的坐着,点了几十首歌以后一人一个话筒拿着唱。

场面差不多跟两个人在街头街尾同时卖艺一样,一个人唱完另一个人立马就继续,要是有人路过我们包厢驻足多看一会儿,肯定会忍不住进来给我们面前一人扔个钢镚儿。

总之,我们在小包里唱了三个小时,不苟言笑。

回去的路上我还在想,怎么跟陌生网友见面似的,我们明明应该很熟的啊。

走了一会儿,他忽然拍我肩,我回头,他指着旁边的麦当劳:"吃甜筒吗?"

虽然是冬天,但是那天阳光不错,我被他说得蠢蠢欲动,于是跟着他一起进了店里。

排队的时候发现点餐员是我初中同学,假期在那边打工。她也一眼就认出我来了,了然地笑着看了三爷一眼,问我:"你对象?"

"对象"这个词不知道为什么让我觉得很羞耻,然后还莫名有一丝骄傲,我点头。

同学给了我们两个料特别足的甜筒,一个就抵得上我平时买的两个半。

我们也不好意思在店里待了，举着超大的冰激凌甜筒顶着西北风往家继续走，一边走一边吃，吃到后面我冷得不行，问三爷："我不吃了，你还吃吗？"

三爷已经吃完了，估计也是觉得很冻，他看着我手里剩余的半个，犹豫了一下："那我吃吧。"

换成我看别人这样共吃一个甜筒肯定会觉得他们很不卫生，可是不知道为什么，看着三爷消灭我吃过的东西时，我居然什么都没想，只知道盯着路前头的电线杆脸红，脸红，脸红。

5

和三爷约会后的三天我们没再见面，他和他以前的朋友见面组队玩游戏什么的，我在家里陪着我爷爷奶奶爸爸妈妈聊天——其实主要是被我妈妈"审讯"。

她的记忆力特别好，把她和三爷的那几次见面全都回忆起来了，还想起来之前一个我都不记得了的小笑话。

三爷因为遗传的原因，有些少白头，而且他的发色不是单纯的黑白，是黑白金三种颜色混杂的，挑染都染不出来那种效果。

高中的时候有一次放假，我们俩还有另一个女生一起回家，路上碰见了那个女生的妈妈，我们跟那阿姨打了招呼后就走了。结果隔了几天家长会的时候，那个阿姨跟我妈说："小布的爷爷好年轻啊！"（她见过我爸，所以就又往上推算了一辈。）

我妈被她说得晕头转向的，回家还问我爷爷什么时候去接我放学了。

后来上了大学，课业压力没高中那么大了，三爷的头发变得黑色更多一些，但他还是很介意和我一起走的时候被无知路人当成"看起来好年轻的长辈"，所以一直都在染头发。

我不止一次地跟他说我喜欢原来那个样子，他总是告诉我——

"等我真的当爸爸了再说。"

6

第一次无聊的约会后，三爷做了一件奇葩的事情，这件事是他的黑历史，也直接决定了后来的很多年里他一直让着我。

他忽然要跟我分手。

那是他第一次也是唯一的一次说分手，连个电话都没有，大半夜给我发了条QQ信息，说"我要分手"。

我第一反应是：他被盗号了吧？

可是又觉得盗号的没那么闲，因为只说了这一句以后就没下文了，没让我付青春损失费、精神赔偿费、孩子赡养费什么的……

那时候年少气盛，连理由都不知道问一句，就觉得气得要命，回了他一句："行。"

然后，我们就这么莫名其妙地分手了。

第二天是小年，我白天一觉睡到吃午饭时间，洗脸的时候想起来我没有男朋友这件事，饭都没吃几口，又郁闷地跑回屋里蒙着头继续睡了。结果还没感伤多久，我妈回来了，拿着鞋拔子直冲我屋抽我被子，让我赶紧起床去干活。

我记得特别清楚，在我开始包第三个饺子的时候，我手机响了。

三爷打电话问我在干吗，我说包饺子，他问我能不能去我们两家附近的那个公园一趟。

被我妈奴役着干了一下午活，我特别爽快地答应了他，然后套上大衣踩着棉靴就跑出去了。

公园里没有人，老头老太太们应该都回家包饺子去了，站在湖对面我就看见了又穿着"海绵宝宝"的三爷一个人坐在长椅上，看不清神情，但是整个人气质挺悲伤的。

我过去，坐在他旁边。

他忽然声音有些哽咽地问："能不能不分手？"

我不确定他是想哭还是被冻的，呆坐在椅子上都不敢说话，想着万一一会儿这家伙忽然在地上打滚撒泼，我是喊救命还是先踹他一脚再喊救命。

因为我不说话，他只能自言自语地继续说："昨晚在听歌，听到王菲唱'有生之年，狭路相逢，终不能幸免'，忽然觉得心里很空虚。这几天其实我一直觉得挺不真实的，我喜欢了你很久，你忽然想和我在一起了，我反而没有安全感了，我自己喜欢的时候不需要你回应就觉得开心，可是现在变成恋爱了，我就很怕有一天你像要和我开始一样那么随便地说要分开。我不想这么患得患失的，就想继续以前那种日子。"

我心里一万头羊驼跑过，听首歌就听得想分手？！

他说到最后眼眶真的红了："可是说完以后我整晚都没睡着,你那么痛快地就答应了。今天一整天,从刮胡子刮破脸开始,我就心神不宁的,我发现就算分了手我也不可能像以前那样安心了,我错了,我们可不可以不分手,我再不会这样了。"
　　我的气根本就没消,可是看他那个样子又觉得可怜巴巴的,还在纠结的时候,我妈忽然给我打电话,说我姐生了,生了个小外甥。

　　于是原本的儿女情愁在新生的喜悦面前都变得不值一提,我跟他说:"我们家要去医院看姐姐,她刚给我生了个儿子,不是,外甥。"
　　他点点头,可是在我要走的时候又拉了我一下:"那我呢?"
　　我急着走,没管他,走了两步回头看他低着脑袋还在原地坐着,跑回去踹了他小腿一脚:"你以后再这样我就把你扔进湖里去!"
　　他被踹了还笑得特别开心,念叨着:"我自己跳,自己跳!"
　　后来他一直特别喜欢我小外甥,两人玩得跟亲兄弟(?)似的。

7

　　寒假有天同学聚会,很多同学都知道我们在一起的事了,这种时候,不管他们当时到底怎么想的,按照剧情发展总会有人蹦出来告诉我:"我当时就觉得你们俩特配!"
　　被祝福的次数太多,我有些不好意思地跑到另一桌去吃了,那桌的人一直敬我酒,结果我很给面子地醉得一塌糊涂。

　　吃完饭,下午大部队要去附近的那个KTV唱歌,我走路打飘地去上厕所，出来的时候发现三爷抱着我的外套站在洗手池那里等我，其他的同学都已经走得差不多了。

三爷等我洗了手以及莫名其妙地洗了个脸后，把外套给我搭上，直接用他衬衣袖子把我脸上的水给擦了擦，然后问我："你怎么今天一直躲着我？"

我傻呵呵的："我害羞。"

三爷"哼"了一声。

当时我也不知道怎么想的，忽然揽着他脖子踮着脚亲了他一口，亲完了我就跑，把他一个人丢在原地发愣。

这是我们第一次亲吻，然而那天我喝得太多，断片了……

8

关于我喝醉后亲了三爷这事，我真的一点儿都不记得了，完全是很久之后三爷跳着脚跟我控诉我当时是怎么一步步轻薄他的来帮我回忆。

其实他也不记得了，他说他当时大脑一片空白。

总之，我们同学会后第二天见面的时候，我总觉得三爷看我的眼神怪怪的，而我又完全不知道发生了什么，两个人各怀心思地去逛了个街又吃了顿火锅。

那天我戴着一个毛茸茸的帽子，很可爱很保暖也……很吸味。

所以一路回家我都能闻到我顶着一脑袋火锅的馨香。

走到我家附近那个已经不喷水的喷泉池子旁时，三爷忽然拉了我一把,让我和他一起蹲下。

我不解地问:"什么情况?"

三爷看着不远处的人影,跟我说:"有人。"

我更不解了:"是啊,有人。"

三爷好像是在跟自己说话:"让人看见不好。"

正当我还在考虑什么事让人看见不好的时候,三爷蹲着朝我挪了两步,然后……就亲了过来。

我无数次地遗憾,清醒状态下的第一个吻居然是这种姿势,在没水的喷泉旁边,周围是光秃秃的树和昏暗的路灯,我们两个人像两只青蛙一样在夜色中亲吻。

大概是老天都看不下去这么不浪漫的恋爱过程了,那天我进门前,三爷给了我一个熊抱,他下巴抵着我脑袋的时候,我忽然听见背后"砰"的一声,回头就看见照亮夜空的烟花。

我们俩抱着看了那烟花得五分钟,各种颜色各种形状的烟花没完没了地一直在放,特别漂亮。我问三爷:"这不是你弄的吧?"

三爷沉默了几秒钟,笑了一下:"你就当这是我弄的好了。"

9

开学以后特别想三爷,终于有一天,我瞒着家里跑去厦门找他,那时候没经验,也没攒钱,于是两个人把生活费花了个精光,回到学校没多久就过不下去了。

那是暑假前的一个月,我把最后一张一百块换成了一堆一块钱,在本子里把每顿花多少钱都计算好了。超市有一种冰糕叫"四个圈"，两块钱一根，里边有一大块巧克力，特别充饥。

我跟三爷打电话："我今天中午吃了一根伊利四个圈，还有一个馒头，这么搭配居然还挺好吃的。"

三爷彼时刚吃了顿好的回宿舍，听完我的电话整个人都不好了："你别这样，该吃吃，钱不够了再想办法。"

我撇嘴："怎么想办法，我不敢问家里要。"

三爷想了一下："跟着你同学吃啊！她们吃肉总得分你口骨头吧。总比你现在这么悲惨好。"

我无语："我怎么觉得你说的更悲惨……没事，我少吃点儿当减肥了。"

三爷问："可是吃冰糕只会越吃越胖吧？"

我欲哭无泪："你走开…哎呀，你别管我了，你好好吃好好过就行了。"

三爷机智地听懂了我的画外音："你告诉我你这么惨明明就是不想让我好好过吧……我晚上去食堂喝免费粥好了……"

我感叹："我们好可怜……"

我们两人商量了各种蹭吃蹭喝以及靠学校免费粥度日的方法。

过了几天，三爷忽然跟我说："嗓子痛，好像感冒了。最近流感。"

我心疼地说："嘤嘤嘤，一定是没吃好饭所以抵抗力差了。快去看医生。"

三爷："看不起。"

我问："不是有医保卡吗？刷医保卡不要钱吧？"

三爷思考了一下："……对哦。"

我正想着自己太机智了，就听见三爷说："好了，我把医保卡放在床头了，医生会保护我的。"

我哭着问："你烧坏脑子了是不是？"

又过了几天。

我告诉他："我妈给我打钱让我买车票了！我们不用再过苦日子了！"

三爷很高兴："真的吗！好开心！那我就不用多留在这儿半个月跟我妈骗钱了！"

我："骗钱……说起来，这次去厦门的房租都是我付的！你也住了不应该付一半吗！"

其实虽然我付了房租，但是出去吃喝玩乐的钱都是三爷付的，不过他没和我算这些，他说："可是每天都是我在打扫卫生啊，还要起早给你买饭，还给你洗衣服……"

我想起自己大姨妈造访后被迫害的裙子，脸红地打断："行了！不要狡辩！我们说的是房费！"

三爷沉默了一会儿："先欠着吧，以后我工资都交给你。"

我嘻嘻地笑："突然觉得很肉麻，又觉得很高兴是怎么回事？"

于是不在一起的日子，我们要么是为了见面攒钱中，要么是刚见完面没什么钱了随便凑合中。

见面的那几天，则是我们吃得最好、住得最好、玩得最好的日子。也因此，当我回顾起大学生活，最快乐的日子都是和三爷在一起的时候。

10

刚在一起的时候,我们对彼此的性格都不太了解,总想着搞点小浪漫、小惊喜什么的。

比如我会给三爷写信,一周一封。信里也不是什么文艺的事,都是东家长西家短,就跟我们老家门口老太太们搬个马扎嗑瓜子聊的那些内容似的。

我给他写我们食堂门口有只野狗,是只脏脏的泰迪,每次我给它投喂剩饭它都一脸瞧不起我的眼神。

我告诉他我们楼下有一群麻雀,胖得跟大肥鹅似的,都不用网去扑,手里放点儿鸟食就能直接握住了。

我还说有天晚上起大风,我有个同学西瓜吃多了,睡觉的时候脚放在被子外面着了凉,于是晚上尿床了。

我买了很多漂亮的少女的粉粉的信纸和五颜六色的信封,贴上邮票扔进我们学校门口的绿箱子里,等它一路颠簸地传到三爷手里。

结果,我从来没收到过回信。

一个月过去了,我没按捺住地问三爷:"你看见我给你写的信了吗?"

三爷诧异地问:"什么信?"

那些写满了少女心思的信,寄了四年,也没到三爷手里,不知道在哪个不为人知的角落偷偷地躲着呢。

11

寄信寄不到,我们就改成了寄快递。

先是三爷的生日,我准备了一箱子的东西,具体有什么我记不得了,就记得三爷说厦门买不到干脆面,于是塞了好几包小浣熊进去,然后就是一本我精心制作的日志,带着相片的那种。

我把我每天的生活都用手机照下来,然后定期去洗照片贴在本子上,再把那天干了什么吃了什么想了什么用花花绿绿的彩笔连写加画的,总之就是一个大写加粗的做作——我甚至有一天早上洗脸的时候把我室友给叫起床,让她拍我刷牙的样子。

不过,这个日志三爷很喜欢,大学毕业离校的时候还把本子放在重要文件里一起寄回家了,听说三爷的妈妈我未来的婆婆不小心看到以后表情很精彩……

三爷照葫芦画瓢地在我生日时给我也寄了一箱子礼物,有一只泰迪熊,我抱着睡了好几年,其他的都是一堆很贵又没什么用最后不知道被我扔到哪里去的小玩意儿。

有一本他手写的情书集,每一页都很诗情画意,简称肉麻。

有一张厦大的手绘地图,我贴在了床边的墙上,打电话的时候他告诉我他站在什么位置要去哪里,我就会在地图上拿手指着他行走的路径。

后来,过生日我们再没做过这些浪漫的事,都会尽量到对方身边去陪着过了。

12

异地恋确实很容易引发争吵,尤其是在感情还没那么稳定的时候,我和三爷动不动就因为一些很小的事情吵架。

有次国庆前夕两人吵得不可开交,我坚持要分手,虽然现在我想不起来是为了什么事,可当时好像闹得特别僵。

我决绝地跟他说:"我受够你了,分手吧,我不想再跟你吵下去了。"

三爷认错态度倒是很好:"嗯,是我不好,你别生气了。"

我当时很崩溃地哭:"我不是生气,我就是受不了异地恋,你不觉得我们吵架的很多时候,如果你能在我面前,给我一个拥抱,就什么事都没有了。"

三爷没说话,等我哭够了,他问:"一个拥抱就行了吗?那我,明天过去吧?"

我惊呆了:"你是说认真的?"

三爷答:"嗯,我在看机票,现在就买。"

我一下子忘了生气忘了哭:"好吧,那我等你来过了再分手……那你先订机票,我给你找地方住。"

两人各自开始忙活,原本的分手危机立即解除了。

这是我活了二十多年来,头一次知道我在另一个人心里那么重要。

13

虽然三爷会为了哄我特意飞过来陪我几天,可大多数时候我们还是花不起那个钱也抽不出那么多天空的,所以吵架在最开始的两年里简直是家常便饭。

我每次和三爷吵架都会说一些过分的话,三爷采取的态度是"不回应、不辩解"。

我问三爷："知不知道我生气的时候，不回短信、不打电话什么的是不对的！这样只会让我更生气！"

三爷说："反正你气来得快去得也快，我就静静地听你骂，骂完你就不气了，不然顶嘴的话你会更生气的，万一你要赖开始哭的话我又没辙了。"

我听他这么为我着想，原本的怒火变小，刚想说"我确实也有不对"时，他又得意地告诉我："反正短信我截屏了，电话也录音了，等你气消了还不是在证据面前乖乖跟我认错。"

我："……"

我们的感情从来不是岁月静好，可是我们两个"炮仗"在一起的时候居然意外地总能互相消火。

14

因为我们经常厦门－北京这样地飞，我室友很不解地问我："你们既然攒了那么多钱干吗不去找个别的地方旅游？光这么北京、厦门的有什么意思？景点都玩得差不多了吧？"

我是这么跟她说的："就你话多！"

机智美貌如我，怎么可能没想过挑一个中间位置会合呢，这样还能省点儿路费。

可我们的目的不是旅游，我们只想见面在一起待着，然后，更深入地了解彼此的生活。比如，我会指着他的宿舍楼说"地图上在附近画了个体育场"，他也会请我们室友去吃饭、唱歌，陪我们去游乐场坐跳楼机。

那种和恋人身边的朋友都打成一片的感觉很好，会让人觉得对方的生活我也有参与。

有时候我们吵架，我不接他电话，他会给我室友打，让帮着传个话求个情什么的。

有时候我和他正聊着天，他电话会突然被抢走，然后好几个男生对着电话跟我打招呼，还会说"布姐我好想你啊"这种招三爷踹的话。

有年冬天去厦门找三爷玩，那时候我已经考完试了，三爷还没考完。那次因为和母上大人汇报过了，于是在厦门直接待了两周，等他放假了一起回家。

三爷他们那层楼的男生都是一个班的，每次考完试就会聚在一起吃饭、玩牌、打游戏。我不爱待在宾馆，所以他们去考试时我就在他宿舍坐着自己玩，等他们一回来我们就一起玩狼人。我们在峡谷旁的空地上、拥挤的宿舍里、烧烤摊的桌子上等等地方玩过，以至于每次我出现在三爷宿舍，不到十分钟就会聚一堆人。

从此我出场都会自带背景音效，那是一种在楼道里带着回响的声音，具体内容是："布姐来了！玩狼人了玩狼人了！"

15

那次三爷考试周，我们住在海边的一个民宿宾馆里，老板是个很瘦弱的男人，可是脾气特别好，每天看见我们进出门都会问："屋里卫生纸还够用吗？给你们放个新的吧？"

让我猜测他大概以前是干卫生纸推销员的。

晚上三爷复习的时候，我就坐在床上看电视，我记得演的好像是《隋唐演义》，三爷做会儿题就忍不住回头看两眼电视，我拿眼瞥他，让他安心点。后来他抱着书跑进洗手间去了，我好奇地过去看了一眼，就看见他坐在一个小马扎上，书放在马桶盖上，聚精会神地复习。我被他好学的精神感动得不行，跟他说："我把电视关了，你出来学吧。"

三爷听说我要关电视，急吼吼地嚷我："不许关不许关！那是我的精神支柱！我就打算复习完了出去看的！"

宾馆后头那片海很宁静，和青岛那边常年有人下海游泳的海水浴场不一样，更像是电视剧里拍的那种只适合谈情说爱、提着鞋子在沙滩漫步的海。我们会在傍晚的时候去海边溜达溜达，挑着扁平的石头打水漂。

有天我们走小路回宾馆，结果忽然看到离我们半米远的地方有只灰色毛茸茸的物体在慢悠悠地走路。

我眼尖地看出那是只老鼠，我"啊"的一声尖叫，结果，那只老鼠，停住了。

它转过身子，面对面地看着我，一动不动的，然后"吱吱吱"地冲我一顿叫，飞快地跑走了。

三爷笑出声，跟我说："它说你吓到它了。"

我心里一万个咆哮表情包,它还吓到了娇花似的我了呢!

🔴 16

我们还曾经在食堂复习,早上吃完了饭,顺便就霸占了那张餐桌。他复习的时候我无聊地翻看他的书,发现他们的《复变函数》教材和我们的一样,于是就找了张白纸开始列重点,一边写考点一边从书上找例题。那阵子我们刚考完"复变",我印象比较深,把考题也都粗略地给记上了。

等到他要开始看"复变"的时候,我就一边给他看我写的提纲,一边给他详细说了一遍。

等我讲完以后,三爷的眼神都变了,就跟有八百种人格的苦恼病人看见能治病的药似的,两眼放光地跟我说:"宝宝你比老师讲得好多了!"

我得意得不要不要的,觉得自己简直天下无敌。

后来下成绩,我考了八十多,三爷考了九十多……呵呵,一定是他们老师批卷松!

🔴 17

三爷第一次来北京找我是快放暑假的时候,我们宿舍其他三个人为了见一下她们的姐(妹)夫,特意把车票买晚了几天,要跟三爷一起吃个饭。

三爷来的那天我穿了一件轻薄的白色 T 恤和紫色的热裤,裤子短到现在的我看了一定会拒绝去穿的,当然,也穿不上了。

下午出门的时候天阴沉沉的,我特意拿了一把很大的彩虹伞,其实宿舍里还有好几把伞,但心机的我已经脑补出了两人共撑一把伞蹚水的美妙情境,拒绝了室友让我再捎一把伞的好意。

很久没见,在车站接到三爷的时候我害羞得不知道说什么好,就跟陌生人似的。直到挤上了地铁一号线,我连个扶手都没得抓,三爷忽然手伸到我腰上环着我给我做支撑了……

我曾经不止一次地在地铁上看见抱得难分难舍的情侣后认真地和我室友吐槽他们怎么能如此不知羞耻地在公共场合亲热,直到三爷环住我的那一刻,我顿悟了。

存天理灭人欲是不对的!在拥挤的人潮里有个男人把你圈起来你知道多有安全感吗!谁还管羞不羞啊!

我全程没敢说话,后来下车的时候三爷把手移开,我发现我腰上凉飕飕的,才知道三爷紧张得手心也在出汗。

出了地铁站,外面狂风暴雨的。我那把彩虹伞终于起到了它该起的作用,跟朵小蘑菇似的盛开在我俩的头顶上。我特意把伞转了转,让红色那格正对着我的脸,这样显得脸色红润好看。

三爷仰头看了一下那把伞,忽然问我:"你知道在外国,如果两个人撑一把彩虹伞是什么意思吗?"

我纳闷地摇了摇头,心想这还有什么讲头呢?

三爷一本正经地告诉我:"是结婚的人才能撑的。"

我脸爆红，根本不用红色的伞去映照了，弱弱地解释："我不知道。"

正当我还在娇羞的时候，那把象征"已经结婚的人才能撑的伞"一个甩头，伞骨断了……

我们当时正在找宾馆住，因为雨天客房爆满，我预订的那个房间居然被租出去了，原因是我在地铁上信号不好的时候老板联系不上我。

我俩沮丧地拿着把破伞去找民宿，在屋檐下避雨打电话的时候，三爷拿纸给我擦了擦脸上的雨水，我正跟民宿老板确认具体楼层，三爷忽然弯腰亲了我脸一下，我瞬间就蒙掉了。

老板还在操着湖北腔的普通话问我："美女你记住了吗？"

我直接把手机递给三爷："你接吧，我记不住地址。"

总之，那次雨天见面，从在车站接到他起到一路去住的地方，我脸上的红就没退下来过。

18

到了民宿，老板特别骄傲地指着那两张隔着一米远的单人床跟我们说："整个小区就我们家有这种标准间，多干净多敞亮啊。"

我们那时候面子薄，完全问不出来"老板我们不需要标准间可以换个大床间吗"这种不要脸的问题，只能"是是是，很干净"这样付了钱送走了老板。

三爷看着我身上已经湿透的衣服，从箱子里找了件他的干T恤给我，让我先去洗洗澡别感冒了。

我那天全程都是煮大虾的姿态,弓着腰抱着衣服就去冲澡了,等我出来才发现原本分开的单人床被他给拼成一张了。

那天我们一直等雨小了回去找室友吃饭,结果雨越下越大,室友们饿得不行已经在超市买了零食吃了,直到快九点,我问三爷:"感觉雨不会停了,咱们下去找点吃的吧。"

三爷于是又从箱子里翻了条他的运动裤给我,我把裤脚挽了三四圈,也没穿那双已经湿透了的运动鞋,拿着房东家的雨伞,跟三爷一起穿着拖鞋就出门了。

街上的店差不多都打烊了,我们找到一家二十四小时便利店,把他家还剩的速食便当和剩下的关东煮都买了,坐在玻璃窗前没有形象地狼吞虎咽。

第二天看新闻才知道前晚的暴雨造成了许多交通事故和人员伤亡,可我的印象里却是暴雨天我跟三爷两个人无畏电闪雷鸣地走了三条街觅食,还有雨水洒在玻璃窗上把视野都给模糊的时候,三爷倒映在窗上的身影扭头问我:"再吃点儿什么?"

19

那么大的雨下过后,第二天格外晴朗、格外热,我和三爷回学校的宿舍楼接室友们出发,要一起去游乐场玩。

那三个人一下楼就直盯着三爷看,就跟市场上去买牛的农户似的,好像下一秒就打算掰开三爷的嘴看看他牙口好不好了。

三爷不自觉地退到我身边,还伸手拉了一下我的书包带,大概这一下被我们舍长看见了,她很善解人意地把另外两个室友给轰走了,前面三个人跟抢钱似的急吼吼地走,我和三爷在后面慢悠悠地跟着。

我问三爷:"你怕啥?"

三爷答:"我怕玩不到一块儿去。"

后来我举着棉花糖蹲在地上看他们四个人玩完跳楼机玩大摆锤的时候,忽然觉得我才是那个玩不到一块儿去的人……

20

我说过异地恋大概就是"电话恋爱",所以每天通过电话联络感情真的非常重要。比如我常常会主动关心三爷的生活,和他聊白天干了什么。

三爷:"今天公司培训。"

我:"培训的什么内容啊?"

三爷:"说了你也不懂。"

我:"你知道为什么很多夫妻或者情侣最后感情走向末路吗,因为他们不交流,就是这句'说了你也不懂'抹杀了多少情谊你知道吗?"

三爷:"讲了几大块,包括低压配电系统、塑壳断路器、隔离开关、假负载、浪涌保护器。要给你详细说说吗?"

我:"呃,算了,说说你今天晚上吃了什么吧。"

又比如，我们会通过各种形式联系在一起。

三爷公司年会抽奖，他什么都没抽到，就发了一个小米手环。

虽然我可能用不到，可是财迷的我还是觍着个胖脸问："送给宝宝吧？"

三爷："好。"

我："谢谢爸爸！"

三爷："送给你了你要多运动啊，我要监督你！"

我骄傲地发了一个好友圈运动名次的截图给他："我可是朋友圈运动第一的人！虽然我的好友可能都在冬眠！"

三爷看着我的步数"520"，以及我的好友平均"179步"，无言以对。

小布手记

画风好像在往奇怪的文艺方向飘了……其实异地恋特别苦，感觉根本不用写，自己咬破手指在白背心上写一个血书的"惨"字就够了[认真脸]。

不过你们也知道，我这种世间难寻的极致美（hou）少（lian）女（pi）面对空虚寂寞冷什么的一点儿不害怕，反正内心盯着陌生帅哥

YY一万次三爷也看不出来_(:3 、∠)_

　　好吧，港真（讲真），我就是想跟你们分享一下异地恋这么多年怎么坚持着不分手的。看完你们会发现其实靠脸就够了（你走开！）。

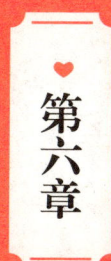

第六章

亲爱的家人、
朋友和狗

WOXIANQIDEYANGZI
NIDOUYOU

我喜欢热闹，三爷喜欢安静，后来我俩发现只有彼此的时候很无聊，基本上就是插着同一个充电宝充着电玩手机。于是三爷妥协，更多的时候带着我跟朋友们一起聚会，顺便秀秀恩爱让朋友们嫌弃。至于家人和狗，是的，他们也是嫌弃我们的主力军。

1

三爷的几位好基友都是人中龙凤、马中赤兔、厦大奇葩。

先说同学H，单看他这名字的缩写就看得出来他多么（……）了！

H长得特别像韩国一个明星，而且性格可爱，一直是我最喜欢的三爷的朋友，我几次三番拒绝三爷来北京而要求我去厦门，跟为了看可爱的H有很大关系。

H的妈妈是天主教徒，因此从小就要求H做礼拜、去教堂唱歌什么的，虽然H不那么虔诚，但还是会照做。

有次我去厦门的日子刚好赶上H做礼拜，没能一起吃饭。于是这货参加完了教堂的活动就开始在群里叫嚷着："吃夜宵去吧？""哎，咱们出来玩狼人啊？""要不去唱歌？"

彼时已经晚上十点多了,我和三爷正在酒店看《爸爸去哪儿》,所以根本没理他。

H见没人回应,十分生气地打三爷的电话。

三爷:"怎么了?"

H:"你在干吗?"

三爷:"我在……"

还没等三爷说完,H愤怒地咆哮:"不管你在打游戏、看电影、逛街还是滚床单,居然无视我真是太让我寒心了!"

三爷冷静地扯谎:"我在陪小布吃晚饭。"

H:"啊?!在吃饭呀(⊙o⊙)!好的,那你们吃吧,没事了么么哒!"

我在一旁听到了所有对话,感到深深地无语,在吃货H眼里,貌似只要是因为食物而耽误的其他事都可以被原谅……

2

三爷另一个同学Y,是三爷的室友,为人无比呆萌。

夏天,我跟三爷漫步在校园里时,经常觉得有雨点飘落,因为那几天一直阴天阵雨,每当这时我就会问三爷:"下雨了吗?"

三爷常常是抬头看看,无比镇定地说"是"。

我也就不疑有他。

一次三爷、我还有Y一起去食堂吃饭,经过一片柠檬桉树下时又觉得有雨点飘落。

我惊呼:"下雨了!"

三爷淡定地答:"嗯。"

Y看了看天,疑惑地跟我说:"没有啊。"

我比他还疑惑:"Y你没感觉到吗,雨点挺密的啊。"

Y说:"真没啊。"

突然,Y好像想到了什么,指着远处的空地让我看:"你看那边是干的吧,这块地是湿的对不对?"

我看了看空地:"哦,真的耶,怎么回事?"

Y震惊地问:"厦大一景你不知道啊?这些不是雨,是树上的蝉的尿啊。"

我整个人都是目瞪口呆的表情:"(⊙o⊙)啊!"

三爷在一边狂笑。

我突然打开了新世界的大门,想起这几天淋的"蝉尿",觉得整个人都不好了。

吃完饭回来,又经过会淋到蝉尿的树下时,我惊恐万分地捂着头。

我:"三爷三爷!尿!尿!"

三爷:"没事。"

我哭着:"落到我嘴里了!"

三爷:"那你别说话了……"

我呸呸呸地往外吐:"啊!啊!好恶心!"

三爷:"不要紧,蝉尿是干净的啊,蝉只喝树汁,不脏的。"

我愤怒地控诉:"你胡说!你看地上这一大摊,明明都是黄色的!还有奇怪的味道!"

一直安静听我们说话的 Y 忽然插话:"哦,可能天太热了,蝉上火了吧。"

蝉上火了……上火了……了……

3

我们家之前有只狗,叫"来福"。

某年寒假回家第一天,晚饭时我爸把一盘菜里所有的火腿都夹到我碗里,又给我挑了块最软的小饼,正当我感慨父爱如山时,他说:"饼和火腿伴着嚼碎了喂来福,多掺点火腿,它不爱吃饼。"

我看着碗里的肉,心里流着眼泪按照我爸的指示给眼巴巴地讨好我的小狗做人工拌饭,嚼着嚼着,忽然觉得味道真不错……于是不小心给吞下去了。

来福看着我吞咽的动作时,歪着脑袋惊呆了。

半小时后,我被堵在卧室里不敢出去,我们家狗在门外冲着我愤怒地狂吠。

4

来福是只不知道什么品种的估计不名贵的狗狗,因为它眼睛周围一圈黑,像熊猫一样,还很对称,长得有点像宫崎骏画的那只叫来福的狗,所以给它起了这么个名字。

来福是我姐从动物收容站领养的,跟着我小外甥一起长大,那时候我和三爷去姐姐家玩,基本上承担了每天带它遛弯给它捡屎的任务。平时我姐忙,基本上一天也就带它遛一次,但是我和三爷去了以后在家待着没什么事,三爷下楼买东西或者散步的时候基本上都会把它带下去,因此它格外喜欢三爷。

后来我姐姐因为搬家暂时租住在别的房子,房东不允许养宠物,来福就被送到了我们家养着。

我是眼瞅着它从一个窈窕的少女肥成了一个球的,家里人对它宠得简直无法无天。

狗的记性好,虽然好长时间不见,可三爷去我家的时候它从来不叫,带着那一身的肉撒欢地往三爷怀里拱,唔哼唔哼地打招呼:"铲屎官,你又来了!"

5

说起来福,我真的觉得它快成精了。吃鱼的时候挑鱼刺鱼骨头比猫还细致,吃完了还会从茶几下边的纸盒里抽张纸巾擦擦顺便把纸给撕成一条一条的,最神奇的是,它还会偷吃我爸的降血压血脂的药,整板药拖出来嗑开一丸吃了以后再放回去,最后还会从果盘里找两个"朝鲜菇凉"把皮给扒了吃,做完这一切,若无其事地躺在地毯上四脚朝天的睡觉。

它在小区有个好朋友,是一只流浪的泰迪狗,我曾经亲眼看见过那只泰迪侵犯小区门口的一个黑色塑料袋,真是无愧它泰迪的称号……来福从来不因为那只泰迪的私生活混乱就嫌弃它,两个人,不,两只狗相亲相爱,每周要见个两三次面,见面的时候来福就会左顾右盼地等到没人的时候去小花园把它藏起来的骨头挖出来送给泰迪,然后两个人,不,两只狗叼着骨头找个角落去一起啃。

大概因为那只泰迪是它唯一的朋友,它跟着泰迪学到了奇怪的技能。有次我去遛它,惊奇地发现它抬腿朝着电线杆子撒尿,有时候还会在草地上三只腿站着,跷起一只腿来尿尿。

可是……它是一只母狗啊……跷个毛线腿!

6

来福在姐姐家的时候特别喜欢我,可到了我们家就对我莫名仇视。有次在吃饭,我看到它一直恶狠狠地又带点委屈地看着我,就问我爸怎么回事。

我爸说:"家里人都不爱吃肉,以前你没回家的时候都是把肉挑出来给来福吃,我们只吃菜的。"

于是我明白了它应该是因为我抢了它的吃的所以不喜欢我吧……

身为这个家的一分子我连口肉都不能吃吗……

甚至有一天,它开始做一些奇怪的举动。比如我正在屋里玩电脑,它会走到我身边,看着我蹲下去,然后叹口气走掉。

我问好朋友识月这狗什么意思,识月说:"哈哈,不好吃。"

后来我姐从网上给它买了一箱子鸡肉棒、牛肉棒、鱼片什么的小零食,每次都是由我来执行零食授予仪式,来福忽然就变得特别喜欢我了。大概我爸吃我的醋,为了重新夺回来福的喜爱,他开始诋毁我……

某天来福打着滚求我爸给点零食吃,我爸对正在撒娇的某狗说:"乖,睡觉去吧,不能给你吃的了,吃多了长胖了就不漂亮了。"

然后,他忽然压低声音告诉它:"你看××(我的名字)吃得就多,你想变得跟她一样胖吗？"

我坐在沙发上听得一清二楚，从那天起，我开始怀疑人生。

7

有阵子我想开个淘宝店，单纯地想开店，并不知道要卖什么，朋友提议："你卖蠢吧。"

我觉得挺好玩的，就真的把店开起来了，然后随便写了个售价一毛。

虽然只有一毛钱，可是真的有好多人来买的时候我还是思考了一下子，总不能真的发货给人发个消息说"您好，您很蠢"吧，于是我决定施展我的才华，画小图发给买家。

中午吃了饭我就跑到书房去挥毫泼墨，我爸过来看了一眼。

我爸："你在干吗？别浪费我的颜料，进口的很贵。"

我答："我在卖艺呢，一毛钱一幅！"

我爸："能别那么作吗？你挤出来的这盘颜料够你卖一百幅了。"

然后他仔细地看了看我的画，忽然叹了口气："算了，你也就在材料上找补找补吧，人家花一毛钱买这么个东西也够糟心的……"

爸爸你这么说一定是怕我画艺超群赶上你！我不听我不听！

我是一个长得漂亮还会拿毛笔画简笔画的可爱少女！

8

我爸是实力嘲讽我，三爷他爸就是花式吊打三爷。

大概是因为三爷的妈妈不肯和他一起吐槽自己的儿子，三爷爸爸见到我就跟找到同盟似的,除了总说三爷是他见过的最懒的人外,还开始教导我"为妻之道"。

他爸是个炫妻狂魔,教导我的主要方式就是夸我未来婆婆是个多么伟大多么有智慧的女人。

他爸曾经举过一个例子:"你阿姨要求我每次回家必须换鞋然后冲脚,有次我挺累的,回去之后不换鞋,你阿姨也没有冲我嚷嚷,而是直接拿了双拖鞋过来蹲着给我换上,还要给我打水洗脚,那次以后我就记住了,不管多累回家都得换鞋冲脚。"

我神色认真地听完后,活学活用,当即把阳台上三爷换下来的两双臭袜子拿到洗手间去洗了,洗完以后晾在衣架上,还冲三爷幽幽地叹了口气,希望他能像他爸那样幡然悔悟。

那时候我们在外面租房子住,三爷的爸妈是来看我们的,晚上我俩睡在客厅的沙发上,三爷委屈地坐在沙发上控诉我:"你这个女人,太会演戏了!"

因为那时候,我俩的脏袜子其实都是三爷在洗的_(:з>∠)_……

9

我有两个表哥还有一个姐姐,我们从小一起长大,寒暑假都会在爷爷家挤着打地铺,虽然他们从小的乐趣就是欺负我,但我可能有点儿抖M的体质,一直乐在其中。

第一次把三爷拉到这个小圈子的时候,我们五个人都挺尴尬的,虽然一起唱了歌、吃了饭还是有些不好意思。

直到有次我们吃完饭去买衣服,我问了一句:"优衣库是韩国的牌子吗?"

姐姐答:"日本的啊。"

我又问:"像无印良品一听就是日本名,可是优衣库感觉像韩国的,那个英文字母也像。"

三爷接话:"人家英语念'优衣库咯',一听就是日式英语啊,你是不是傻?"

就因为"你是不是傻"这几个字,三爷和我的家人迅速打成了一片,大家都说感觉三爷和我大哥骂我的方式如出一辙!

是时候离家出走了。

10

过年的时候二哥在法国没回家,于是姐姐让三爷来我家凑个人手打麻将。

很久没碰麻将的我有些记不清规则了,小声地问三爷:"'中发白'是一套牌对吧?"

三爷肯定地点了点头:"对呀。"

于是手气特别好的我第一轮就和了,开心地推倒牌冲哥哥姐姐要钱的时候,他们仨都凑过来,指着我的"中发白"问:"你在搞笑吗?"

我疑惑脸:"这不是一套牌吗?"

原本还信誓旦旦说"对呀"的三爷此刻也和其他人一样无声地嘲笑着看我:"好了别卖蠢了,赶紧发红包。"

那天我把压岁钱都换成红包输了出去,输得心灰意冷,不想跟他过了。

11

假期在姐姐家陪小外甥过生日。

小外甥有一身勇士的铠甲,他穿上以后拿着小剑命令我:"姨姨,你来当大怪兽!"

我心想哪里有我这么美貌的怪兽……和他玩了一会儿简直半条命都没了……

后来他拿剑打了我背一下,特别疼,我就生气地不理他了。

他自己坐在沙发上安静地思过,过了一会儿跑来亲我向我道歉。我原谅他以后他忽然跟我说:"姨姨,我想姨夫了。"

我说:"我也想你姨夫啊……要是他来就可以陪你玩勇士和怪兽了。"

小外甥用力地点头:"嗯,对,姨夫来了就可以和我们一起玩了,我和姨夫当勇士,姨姨当大怪兽!"

我:"?"

心里的羊驼呼啸经过,你把这两天我给你做的蛋糕点心都吐出来!

小布手记

写完这章忽然觉得我和三爷有点可怜……

在哪儿都是被嫌弃……

好在我比三爷的食物链高一级,他才是最底端的那个:)

什么?不是这样的?我不听我不听我不听!

第七章

鸡飞狗跳的同居生活

WOXIANQIDEYANGZI
NIDOUYOU

大学毕业后，三爷找了一份北京的工作，我则继续读研，我们在三爷公司附近租了一套六十平方米的一居室，客厅厨房卧室一应俱全。我们憧憬着幸福的小日子，结果没想到短短三个月的时间里，这套房子给了我们各种心塞，以至于说起房东两个字我和三爷都要一起横眉竖眼地生闷气。

可是说实话，现在我回忆起来那段日子，只记得每一个温馨的画面，纵然这温馨里依旧透着心塞。

1

第一次租房子，我俩没有半毛钱的经验，在网上找房源打电话联系看房，好不容易找到合适的房子，我俩兜里揣着一沓钱就直奔约见地点。

那天下着毛毛雨，三爷撑着我的小伞给我打，自己则把帽衫的帽子扣上了事。地上有积水，上天桥的时候他滑了一下差点摔倒，那天因为等了很久又有些迷路，我心情很不好地说了他一句："你怎么回事啊？"

三爷不可思议地问我："这也怪我？"

我不高兴地说:"不然怪我?我推你了?"

三爷比我还不高兴,把伞往我手里一塞,跟我说:"我生气了,你自己打吧。"

我夺过伞就要走,他却在我真的接过去以后把伞抢了回去,依旧给我打着。

两个人莫名地生闷气,下了天桥站在360大厦门口收了伞等中介。打了两个电话,中介都说"很快到""很快到",我们相对无言,谁都不说话。

三爷忽然别扭地看着地上的雨水跟我说:"昨天在奶奶家有蚊子。"

我接话茬儿:"咬你了?"

三爷立马把手臂伸到我面前,三四个红红的包。

他念叨:"痒死了。"

我拿指甲给他的蚊子包上掐十字,都掐完了中介也没来,于是我又倒着给他的包掐叉号,直到每个包上都掐出个雪花才停手。

"还痒吗?"我没好气地问他。

他忽然抱住我:"好了好了,掐得那么疼,气都出完了。开心点,我们要开始新生活了。"

我推他推不动,只好闷闷地说:"该换你给我掐了。"

2

关于中介坑了我们多少钱以及我看着中介开着白色宝马扬尘而去时猜测他坑了我们多少钱,这些都不重要了。

总之中介叫了保洁把房子打扫了一遍后我们就把行李拖进去了，跟姑姑和哥哥一起出去吃了顿大餐庆祝，接着马不停蹄地开始整理我们的新家。

先是变换了一下桌子的摆放格局，然后把一台落满灰尘的玻璃茶几给组装了起来，顺便把窗帘挂上，把床铺好。

基本上都是三爷在做，我负责递工具和帮着固定，当时觉得三爷的男友力爆棚。

那时候还是暑假，我跟母上大人申请了一周的时间来北京陪三爷找房子和收拾房子，三爷入住第二天就要去公司报到，所以想到要负责这么大的工程，我坐在床上网购一应家居用品的时候觉得自己简直就是贤良淑德的典范。

我网购的过程中，三爷在客厅弄电视和网络，这个线那个线的组装，顺道嘱咐我买插线板、路由器什么的，我们俩有一句没一句地隔着门聊天，像是一对寻常的小夫妻。

后来，他站在卧室门口，深情地凝望着我。我有所察觉地抬头，等他感叹我们这样岁月静好的新生活，他不负我望地开了口。

他说："有线电视和宽带的线都是坏的。"

3

第二天一早三爷就去办理入职了，原本打算在家收拾房子的我，认真地思索了一下，觉得叫个外卖吃个大餐有力气了才能开始干活，于是跷着腿开始翻手机外卖软件。

结果附近居然没有外卖……全特么是什么小龙虾，而且都要200元起送……

　　冷静了五分钟，我决定躺在床上挺尸，觉得三爷上午办完入职就可以回家了，然后就会给我带好吃的……

　　谁知道他入职办了那么久居然要拖到下午，还要去办工资卡吧啦吧啦，根本不能解救我。

　　中午的时候这货还发微信给我看他吃的工作餐，立志睡一觉扛过饿意的我没出息地爬起来翻冰箱，把三爷喝剩下的半瓶甜牛奶和半个苹果派面包给吃了，还觉得意犹未尽，我在冰箱顶上摸出来上一任房客留下的一袋良品铺子脆甜冬枣，至于为什么会去摸冰箱顶只能说是吃货的直觉……

　　我看了看保质期，还有一个多月才过期，然后我就把那个枣给吃了……

　　一边吃一边想着我要是被毒死了怎么办，吃到后来吃嗨了特别后悔……

　　昨天不应该让保洁阿姨把冰箱里前任房客留下的食物全扔了的！我记得我瞥见过扔掉的东西包括两包辛拉面和两瓶真露，还有好几盒哈哈镜！

　　那得是多么丰盛的一顿午餐！

　　糊弄着解决完了午饭，门铃忽然响了。

　　那天我嫌麻烦直接找了件三爷的大T恤穿的，然后穿了个短裤，隐约藏在T恤里露出个边边的那种，自己对着镜子搔首弄姿觉得无比性感。

开门是一号店来送快递,那个三十多岁的大叔见到我居然完全没被惊艳到,开口就是:"大姐,你给签收一下吧。"

我一边签字一边内心咆哮:呵呵,愚蠢的快递员,你等我的投诉电话吧!

4

为了在三爷面前表现一下,三爷正式上班那天,我早上六点半就起来给他做早饭,煮了粥又做了火腿芝士夹蛋夹酸黄瓜三明治,总之做得可好吃了,三爷吃完以后还带着剩下的三明治去公司当零食。

我一脸骄傲地收拾完厨房,因为起得早回去补觉睡了一小会儿,真的,就一小会儿,就是不知道为啥一睁眼天色昏暗了……

三爷下班回来,看我正坐在床上晃神,一边放东西,一边跟我说:"我中午在办公室趴着睡了会儿,梦见田螺姑娘来咱家了,把衣服、窗帘、床单都洗了晾了,把电饭煲、电饼铛所有的电器都安顿好了,还把饭菜买了做了摆在桌子上我一进门就可以开始吃。"

我扭头看他,萌萌地答:"哦,那个田螺姑娘其实就是你啊。"

他沉默地去洗了手,然后回屋来跟我弱弱地抗议:"你不能一直睡觉,你得干点活儿。"

我认真地看他:"你想让我干什么?"

在我高冷的目光注视下,他认命地蹲着整顿我从一号店买的那几箱子东西,自言自语道:"算了,你只要不跟我干仗,爱干什么干什么。"

5

我难得脱离了家里的管制有了自己的小家，基本上把懒的特质发挥到了极致。

有天三爷洗漱完了进卧室，蹲在床边戳我脑袋："洗澡去。"

我翻了个身，求饶："我白天都没出门，没出汗，我不想洗澡。"

三爷冷着脸拒绝："不行！起码，起码去洗洗脸。"

我翻回身来冲着他谄媚地笑："你给我洗！"

三爷："怎么洗？"

我笑得跟狗腿子似的："哥，你去把毛巾用热水泡过了拧干过来给我擦擦脸就行。"

这声"哥"好像取悦了三爷，他冷哼一声去浴室照着我的吩咐弄湿了毛巾进屋给我擦脸，擦完了又返回去换了条毛巾洗，然后进屋给我擦腿擦脚。

我觉得特别甜蜜，一边笑一边伸胳膊伸腿让他擦。

三爷一边擦一边问我："你不是来帮我收拾房子的吗？要不我上班的时候你研究一下洗衣机怎么用然后把窗帘什么的洗了？"

我义正词严地告诉他："我要写小说还要睡觉，很忙的！"

他无语了一会儿，站起来拿着毛巾回浴室，自我安慰地念叨着："算了，你还活着就成，别忘了吃饭。"

从来没想到有一天我男朋友对我的要求是活着就成……

同居那段日子我坚定了非三爷不嫁的决心，不过我猜三爷可能已经在犹豫要不要换个媳妇了：）。

6

三爷去小区的有线电视营业厅问电视的事,得知前一个住户已经欠费半年了,要开通还得补上欠的钱,我俩一合计,算了,不看电视了,反正有电脑。

又想起来家里网也不好,于是找人来家里改了网线的走线,修好以后终于能上网了。

我们一般吃完饭各忙各的,睡觉之前会一起找个视频用平板看,我位置稍微往下地侧躺着,他脑袋下边垫两个靠枕,在我身后侧躺,伸手环过我扶着平板,看到两个人都困了就把平板放在床头柜上睡觉。

后来有一阵子《琅琊榜》热播,三爷就陪着我追剧,里面有个高颜值低智商的飞流同学,成天围着男主痴汉笑,说话单音节蹦,一撒娇就是想吃甜瓜。

有一天我们破天荒地用正常人的坐姿坐在沙发上看电视剧,三爷看着看着电视忽然学着飞流的腔调和我说话,装傻卖萌,拿着个破橘子说"酸",又掰了一半给我说:"吃。"

我倚在沙发一脚踹在他脸上:"你一天可以吃三个甜瓜,退下吧。"

7

我们住在八楼,那时候是夏天,家里突然出现了一只蚊子。

我问三爷要不要搞点什么防护措施,三爷一脸蒙逼地问家里不是还有吗。眼瞅着话题歪到十万八千里以外,我一身正气地告诉他:"我说的是防蚊子!"

三爷淡定地说:"一般来说,蚊子飞不了这么高,真能飞这么高的牛逼蚊子应该也不怕什么蚊子药了。"

我竟然被他说服了……

不过第二天三爷看见我脸上被咬了个包,下班回家的时候还是从药店给我买了止痒的药水。那个药水是柠檬桉精华液吧啦吧啦的,总之,还是熟悉的配方,还是熟悉的味道。

没错,就是厦大蝉尿的味。

8

记得家里一个长辈说过,装修房子最重要的就是装修好厨房,尤其是厨房水池啊、灶台啊、油烟机啊这些的高度,还有锅碗瓢盆等的摆放位置,这些都是要根据家里谁做饭、谁刷碗来量身定制的。

我们家的油烟机位置就很不合理,我做了两天饭,撞油烟机的角撞了不下五次,有一次又撞到了,我捂着脑袋委屈地跟三爷抱怨:"我太高了!老撞到!"

某天又撞到的时候,我依然这么跟三爷嚷,结果他走进厨房,站在油烟机面前一边比画一边对我说:"你看,我这么高,视线里总能看到东西就不会撞到,你呢,你什么都看不到就容易撞上。"

最后他冷冷地得出结论:"你不要再说自己高了,你个小矮子。"

9

我码字的时候,三爷会坐在桌子的对面戴着耳机安安静静地玩LOL,他的开机壁纸是一张我大一时候的照片,短头发,嗯,还特么是泰迪卷,具体什么样子你们感受一下,感受不出来的话我给你们举个例子：

我大一在小动物保护协会举行的活动中穿着月熊的服装挨家挨户发传单，脱了外套的时候从头发到袜子都是汗噜噜的，我的小伙伴告诉我："你这样好像史泰龙啊！"

总之，短头发泰迪卷的时候我的同学都亲切地称呼我为"布哥"。

不过三爷对着那张壁纸跟我说："你那时候样子可真不错啊。"

我瞅着我那一脸的胶原蛋白心花怒放的时候，他又来了一句："跟个小伙子似的。"

前一句：你那时候样子真不错啊；后一句：跟个小伙子似的。

我好像知道了什么，可我不想承认。

10

因为三爷有不少关系很好的男同学，我就经常拿他们开玩笑，久而久之，三爷从一个连"BL"是什么都不知道的直男变成了一个可以和腐女无障碍交流的，呃，应该还是直男。

有天三爷送我去车站的时候，我跟他聊起他会不会出轨的问题。

我问："你以后如果喜欢上别人了会跟我分手吗？"

三爷答："如果遇上了'那个人'的话，应该会分手的。"

我大吃一惊："那个人？"

三爷点头："嗯，你不是跟我说过，所有男的在遇到让自己变弯的'那个人'之前都以为自己是异性恋吗？"

他着重强调了"那个人"这仨字，说得好像分分钟就要跟人跑了似的。

我拉住他质问:"喂!你认真的吗?"

三爷看着我:"哦,不,如果真遇到了'那个人'我也不会跟你分手的。"

我以为我们的真爱能让他坚守内心,谁知道他却告诉我:"你不是说大部分同性恋都会选择形婚嘛,对,你要给我当'同妻'。"

我只能呵呵地笑着说:"你学得真好。"

我错了,不该给三爷灌输这些奇怪的思想的……

11

我帮三爷"收拾好"房子以后就回家了,谁知道回家不到一周,三爷告诉我他们领导跟他谈话分派任务了,他得外派到武汉。

我还觉得刚上班就能出差是领导喜欢他,结果他一句话就把我的喜悦浇了个透心凉,他说:"不是出差,是外派,常驻武汉,得待一年。"

我当时完全愣住了,差点哭出来。

我想起来大四下学期他来北京找工作的情景,他来的时候正是沙尘暴,有一天白天还好好的,傍晚的时候忽然乌云密布、黄沙漫天,那感觉就跟外星人马上要出来一样。

我和他站在天桥上看着下边川流不息的车辆,看着远方消失的太阳,看着快被风刮断的树枝,看着戴着口罩的彼此。

他问我:"像不像世界末日?"

我点头:"你不是遗憾传说中的世界末日那天咱们没有待在一起吗,你看现在可以弥补了。"

他说:"我的遗憾不是那天没和你待在一起,而是不能每天都和你待在一起。"

  我觉得风沙吹进眼睛里了，拼命地眨眼睛。他好像误会我在哭，拉着我的手安慰我："你放心，我这次来肯定能找到工作，工资低点儿也不要紧，我们以后再不分开了。"

  他说那话还没几个月，现实就又一次把我们的愿望给打破了。

  我问他："能不去吗？"

  他说："可以，但是可能没法在这个公司待了。"

  说实话，很希望他不要走，可双方的家长用了"出去锻炼锻炼好""他在北京你们也不能天天见面""试用期还没过就辞职别的公司会怎么看"种种理由分别劝了我们。

  他们觉得我们的爱情只是很小的事情，说异地更能考验我们的感情。我不知道怎么跟老一辈的人去解释"爱情需要维护和保持亲近，不是光考验就行的"，于是只好"识大体"地让三爷在武汉好好照顾自己。

  我跟三爷说："你快安慰一下我，说说你去了武汉有什么好处。"

  三爷答："在那边光补贴就是我工资的两倍，等你毕业了我就能攒下很多钱买辆车带你到处旅游。"

  我听他的话笑着说："好。"

  他却忽然失落："我骗你的。离开你没什么好的，一点儿都没有。"

12

  三爷去武汉的时候，我还在家过暑假，基友顾子行和她男朋友来我家玩，于是我们就出去浪了一天，不，准确地说是他们俩浪了一天，我在后边跟着帮他们拍恩爱照片……

说实话，那种感觉果真好虐，觉得自己比单身狗还可怜……瞬间理解了平时我秀恩爱时看到的人那残念的脸。

在沙滩上顾子行把她男朋友用沙堆给埋起来，还堆了个美人鱼的形状，一个比屁股好看不到哪里去的鱼尾不够，她还给他堆了两坨胸……

我实在看不过眼去，从包里拿了两颗大红枣给他安在了胸前，告诉顾子行："不用谢，我叫雷锋。"

第二天我陪我二哥和他女朋友去海边玩，看着我哥揉女朋友的脑袋时又是被秀了一脸的节奏。

人是一个能量收容站，负能量积攒一定程度需要发泄一下，可惜三爷不在身边，不然打他一顿我也就无忧无虑地继续自己美去了。

受到别人的恩爱暴击，刚巧当时连载的小说也遇到一些瓶颈，我想着受的委屈得从三爷那里找补找补，于是跟好几天没联系的他打电话。

我抱怨："今天有读者说我写得没以前好了，我很难过，那我觉得剧情那样发展了就是那么写啊，就刚谈恋爱腻歪一点儿很正常啊，我没觉得不好啊，我好难过……"

三爷好像在忙，也没安慰我，直接说："不开心了就不写了。"

我委屈："我需要安慰……宝宝伤心宝宝难过宝宝心里苦！"

三爷走到一个安静的地方和我聊："我在武汉这边的公司安排的房子住，居然没有床。"

我瞬间被转移了注意力:"我去,那你睡地上吗?"

三爷答:"先和一个同事睡一块儿,这两天买个床垫子放房间睡。"

我:"哦……那你睡觉勒紧腰带保护好自己。"

他还在忙,我们很快结束了对话,然后我居然真不那么难过了。

这世界上比你倒霉的人、倒霉的事多了去了,犯得着为了一点儿小事心烦吗,我男人为了我们的幸福生活还在工地上卖命呢,我矫情个锤子啊!

13

其实比起上大学时一个学期见一面,三爷外派这个状态已经好太多了,他会争取一切机会回北京来,而且车票还有公司给报销。

我们学校刚开学,三爷就已经拿了个日历给我看他可以回来的日期了,包括考质检员证的上课和考试时间,国庆假期,还有一个公司年会。

我问:"公司年会是九月下旬吗?那是不是可以和国庆连着放?"

他顺手给我发了张年会报名的表格,发语音告诉我:"还可以带一名家属呢!我把这个神圣的名额留给你了!"

那时候是八月底,他去武汉不满一个月,可是满脑子都是回北京来找我玩、带我玩。

我问:"年会是干吗?"

他答:"一共两天,第一天是去温泉酒店玩,第二天去摘草莓。"

我们对摘草莓和泡温泉讨论了半天,我忽然觉得不妥,问他:"你跑回北京来就参加两天年会,你们领导让哪?"

他自豪地答："我跟领导说：'作为新人，我很想尽快地融入公司大家庭，了解企业文化，熟悉部门同事。'他听了可高兴呢！"

我对这教科书式的胡扯竖了个大拇指。

可惜后来三爷那一组的工作人员都没参加年会，他也被迫留在了武汉。

他气呼呼地跟我说："回头我给你买一筐草莓！"

14

国庆节的前几天，三爷终于以"辅导班开课要交钱"为理由提前回了北京。

那时候我因为有了厨房有了家，正处于洗个瓜都得摆盘拍照发微博的不理智时期，三爷对于我这种吃之前先拍照的习惯很不喜欢，提醒了我好几次我都不听。

月末最后一天，我手机流量用完了，因为三爷开着热点给我用，我就跟他的小尾巴似的寸步不离地跟着他。在外面吃铁板烧，东西上来了我不让三爷吃，说等多几盘好看一些我拍个照。

三爷直接掏手机把他热点给关了，强行命令我："吃饭。"

我生气地跟他说："你简直是我成为网红路上的绊脚石！"

三爷冷笑："要当网红你先把下巴削了去。"

我呸他："我是美食网红！不看脸看胃！"

想着可以先拍了照片回家连上 wifi 再发状态，我又开始摆弄手机。

没想到……三爷忽然就开始吃起来！什么好吃什么贵就先吃什

么！我也不管菜被他弄得不好看了，手机一撂抓起筷子来就赶紧吃饭——这货不按规矩来啊！一盘两块的牛排他居然都吃了！

后来三爷给我养成了良好的饮食习惯：和他在一起吃饭的时候不能随便拍照，因为他真的不会给我留饭 QAQ。

15

我们的自在日子只过了两天，国庆的时候，三爷的爸爸妈妈来北京了。

和我们住在一起。

他们一进屋就对我们家客厅进行了抨击，说东西摆放的一点儿规律都没有。其实三爷去火车站接人的时候我在家已经都打扫过一遍了，明明感觉很整齐。

我不知道怎么回答，只好倒茶水给他们喝。

三爷拿过去了一杯后问我："你什么时候到的？"

我"哈？"了一声，不明白他什么意思。

三爷镇定自若地说："你不是下午还有课吗？下了课就过来了？"

我不太理解三爷这瞎话编了要干吗，明明我学校没课已经在这边住了两天，但我仍顺着他说："你们回来前不久到的。"说着说着有点儿懂三爷的意思了，"看屋里挺乱的就随便收拾了一下。"

三爷自己喝了杯水："是挺乱的，我昨天晚上才到，还没来得及整理。"

他爸妈在旁静静看着我们一唱一和的，我也不知道他们信了没，反正后来三爷的妈妈去收拾行李,三爷的爸爸就开始念叨他生活习惯不好了。

而我,作为这家的准儿媳,并没有被加入需要教育的行列。

因为是一居室,我们让三爷的爸妈睡卧室后就只能睡沙发了。我在短一点儿的那端沙发睡,他睡长一点儿的那端,睡觉之前我俩脑袋靠着脑袋聊天,就像过年时家里人太多要挤沙发打地铺的感觉一样温馨。

我问他:"你爸妈会不会觉得我不好好收拾家啊?"

他答:"不会的。"

我又问:"那你会不会觉得我很懒啊?"

他答:"不是我觉得,你本来就很懒。"

我撇嘴:"那你现在发现我懒了,后悔跟我好还来得及。"

嘴上这么说,心里想的却是他敢后悔我坐起来就往他脑袋上回旋踢。

他笑了:"我干吗后悔啊?我巴不得你再懒一点儿,你都已经那么好了,再没个缺点,我哪能放心留你一个人在北京。"

我也说不上为什么,感觉虽然他在说我懒,可又好像是在夸我,高兴得忘乎所以,笑嘻嘻地转着脑袋蹭他,他往头上伸手咯吱我脖子,痒得我一边笑一边躲。

正闹腾着,忽然听见卧室的门开了,然后是脚步声响起,厕所的灯也被打开。

我俩动作一僵,迅速地把手收回去,盖好被子、稳住呼吸,假装睡着了。

等到灯光灭了，脚步声也没了，卧室的门重新被关上。我竖着耳朵听了一会儿确认我们说话不会被听见时，小声地问三爷："回去了吧？"

结果回应我的是他绵长的呼吸。

这家伙，居然真的睡着了。

16

陪着三爷爸妈去北海公园划了次船，第一次游湖的三爷深深地迷恋上了这项活动，以至于第二天我们商量再去哪里玩的时候，三爷的提议分别是：朝阳公园、奥体公园、颐和园……

理由是："我们可以去划船！"

后来玩了几天，三爷爸妈就甩开我们自己出去玩了，正好我和三爷天天逛景点也觉得累，于是选择了在家附近的电影院看看电影，然后买了菜和肉回家去做饭，在未来公公婆婆面前表现出贤惠的样子。

三爷妈妈做饭的时候有两件事对我印象特别深。

一次是三爷妈妈刚来的那天开冰箱找食材，结果一开冰箱门后退了一米远，因为冰箱里放了半个巨甜也巨有味道的榴莲……

那是前两天我不知道为什么和三爷生闷气，他屁颠屁颠地跑去超市拎了个超大的榴莲回来，我问他多少钱，他很自觉地说："你还是别知道多少钱了，知道了又得生气说我乱花钱。"

而此刻，这个促成我们关系和睦的"功臣"把我未来婆婆给熏着了……

三爷妈妈挥了挥手散味，冲着三爷问："这榴莲还吃不吃了，不吃扔了吧,味道太冲了!"

因为据说他们一家都没吃榴莲的习惯,我正想着是忍着肉疼把榴莲扔掉,还是没有形象地当着我婆婆面把榴莲迅速吃掉的时候,三爷又挺身而出了。

他跑过去拿了把勺子,把冰箱里的榴莲拿走:"扔掉干吗,我现在就吃掉。"

婆婆好像念叨了句:"臭死了,有什么好吃的。"

后来三爷拉着我坐在沙发上,自己挖了一勺榴莲吃,歪着头看婆婆已经进厨房了,就大勺大勺地挖了塞进我嘴里,一边塞一边催我:"快吃快吃。"

然后他爸妈出来的时候他就挖着自己吃。

还是挺感动的,因为三爷不爱吃榴莲……

还有一次,三爷突然自告奋勇要去买鸡蛋,我看这少爷那么积极就觉得不大对劲,于是跑过去跟婆婆说我也要去买点排骨蔬菜什么的,婆婆只当我俩感情好没说啥。

一路上我们也没交流,去超市买完要用的东西后,我和三爷心照不宣地走向了饮料区……

那时候婆婆禁止我们喝碳酸饮料,所以我们两个吃货跟脱缰的野狗似的迫不及待地直奔带汽饮料。意见不统一,我们最后跟"我喜欢的得不到也不让你得到"的熊孩子似的,拿了一瓶我们都不喜欢的西瓜味美年达。

回到小区,盛菜的兜子一搁,我俩蹲在水泥台子上就开心地喝了起来,一边吐槽这汽水真是难喝到一定境界了,一边严厉地监督着对方:"好了你别喝了该我了!"

回到家我不禁为自己点赞:还好我机智地跟了出来,他竟然想吃独食!

17

我和三爷都喜欢看电影,有时候在家里看,有时候去电影院,而且我俩都属于感情细腻的性格,听个歌词都会伤感得想分手。

当时很多人说《夏洛特烦恼》这个片子三观不正什么的,我们俩抱着看喜剧的心态去看,结果看到最后十分钟的时候我俩都看哭了……我也不知道哭什么,大概是我们都受不了看分别的场景吧,反正就是靠在一起没出息地抹眼泪。

我以为看喜剧看哭已经是极限了,直到后来我们去看《我的少女时代》,我打着呵欠少女心全无地想提前退场去厕所抢个好位置的时候,三爷嘤嘤嘤地靠在我的肩膀上眼含热泪……

比少女心,是我输了。

18

说起我们租了不久并且很少住的这间房子,也真是给我长见识。

入住第二天,我们用洗衣机洗新买的沙发垫子时发现那个洗衣机的脱水功能是坏的……小阳台是木地板,不能沾水,于是我们两人只能手拧,我劲儿小,属于第一步"微脱水"程序,三爷负责把半湿的垫子完全拧干。

后来每次洗衣服都要经历这道工序。

入住一周,楼下的邻居来找我们说我们家漏水把他们家的天花板给湿透了,结果看着我们干爽的地板一阵沉默,找物业维修的来看了半天说是下水管的问题。

三爷等维修人员走了以后自己又研究了一会儿,说是洗碗池下边有个阀门,每次用完水关上就不会漏了。反正直到我们搬走我也不知道那个阀门在哪里,都是三爷在弄。

入住不到一个月,我在做宵夜的时候三爷从我身边走过去刷碗,结果我闲得撅屁股撞了他一下,他躲的时候贴在了墙壁上,然后……轰隆隆的整面墙的瓷砖都掉了。当时三爷一把拉着我跳到了门口,没被砖砸到真是奇迹,那可是整整十七块瓷砖齐刷刷地砸到地上"自杀"啊。

后来三爷不让我进厨房了,自己跑进去把我做好的吃的给端出来和我一边吃一边压惊。

虽然我很嫌弃那间房子,可住在那里的每一天却都是满满的记忆和欢乐,现在才深刻地体会到:住在哪儿无所谓,只要和心爱的人在一起就够了。

哦,但是一定要有个厨房。

小布手记

除了厨房,要是还有个愿意给你洗袜子的男人就更好了。

两个吃货谈恋爱,最大的好处就是没有什么解决不了的问题,有的话再吃一顿就好了

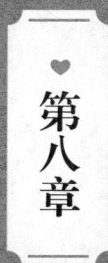

第八章

两个互踩互捧的深井冰

WOXIANQIDEYANGZI
NIDOUYOU

爱情这东西很微妙，但是要保持长久我觉得最重要的是三观一致、志趣相投。或许因为我和三爷从小就是聊得来的好朋友，然后平顺地过渡到情侣，所以我经常觉得他对着我的时候太聒噪了，常常自己玩手机左耳进右耳出地让他说半天。而在我自夸时他也总是不能及时地接梗，甚至还会嘴贱地给我心口上插一刀。

可我们还是觉得：没有谁会比对方跟自己更合拍。

1

暑假回家的时候，觉得邻居家小哥看上我了。

小哥跟我一个高中的，还是同一级的，不是特别熟，但是以前我俩回家碰上了也会打个招呼聊个天。

后来他出国了我就很多年没有见到他。

某次暑假他也回家了，那阵子我们家网坏了小说没法按时更新，于是我就去他家蹭网。我们两家住得挺近的，我鼓足勇气敲响了他家门，说明来意以后他很热情地就给我用网了，期间还特别殷勤地给我倒水喝，还是温的水！

然后第二天我家的网还是没修好，为了发小说我还得蹭网，于是我就贴着我家和他家邻着的那堵墙,能搜到他家的 Wi-Fi,但是居然不能自动连接,我试了好几次,都连不上。

我就挺生气的,想去他家质问他为啥改密码了,换上漂亮裙子要出门了才想明白——

这家伙是不是故意改密码就为了让我继续去他家!他想干吗!还想给我倒四分之三杯温开水喝吗!

想到这里,我不禁想起我千里之外的男朋友,心里一阵后怕,还好我够机智,没有中了隔壁家那男生的圈套!

最后,我选择多走了几步路去我姑家上网更新。

我跟三爷说:"每天都在被好多人喜欢着,我很苦恼。"

三爷的关注点却是:"他连杯白开水都舍不得给你倒整杯?"

2

我问三爷:"你觉得我漂亮吗?"

三爷:"嗯。"

我:"说详细点。"

三爷微信给我发了个小新亲小狗的表情。

我:"啥意思?"

三爷:"让人看见就想亲。"

我一点儿都不害羞地告诉他:"害羞……能说点具体的形容一下我在你心中的美不?"

三爷发图:"[托腮沉默][托腮沉默][托腮沉默]"

我无语:"果然刚才是骗人的吗……那就说说你最欣赏我的地方

也行!"

三爷这次倒是回得挺溜:"嗯……别人家媳妇倾国倾城,你特别不一样,你清碗清盘。"

3

又一次我问三爷:"你能夸我两句吗,我想跟大家说说我过得很幸福。"

三爷答:"我前阵子养了盆含羞草……"

我打断他:"你什么时候养了盆含羞草?"

三爷:"你先听我说。我前阵子养了盆含羞草,但是怎么戳它都不会把叶子卷起来。我问老板怎么回事,他告诉我:'你养的那个可能不要脸吧。'"

我想了一会儿,问他:"你什么时候养了盆含羞草?"

4

有阵子我从读者那里收集了不少自夸新招式,一一说给三爷听。

我:"我好嫉妒自己,长得好看,性格又好,身材也棒,朋友多人缘好,嗯,关键是特谦虚,谁夸我都不骄傲。"

三爷冷漠脸。

我:"脸跟压扁了似的看着还能顺眼,可见五官很协调,生得好!"

三爷好像露出了谜之微笑。

我:"都说美人在骨不在皮,像我这么漂亮的只需要骨不需要皮!"

三爷这次开口了:"胡说,我就喜欢你这身肉,只剩骨头跟个猴儿似的有什么好看的！"

还真是一个在致力于把女朋友养成猪的康庄大道上坚持不懈走着的 boy 呢……

5

放假回家的时候在车站碰见个三十多岁的男人，穿得很体面，羞怯地跟我说他钱包丢了，能不能借他个车票钱。我那天因为买了很多路上吃的东西，剩下的现金不多了，他说只要三十七块钱就行。我内心挣扎了一下，从钱包里找了三十七给他，然后包里可怜巴巴地就剩十块钱了。

上车以后我跟三爷说了这事，三爷说："肯定是骗子啊。"

我其实心里也这么觉得，但还是嘴硬地说："万一他真的是被偷了急需钱呢，又不是特别多。"

三爷说："那你可以让他去找警察啊。"

我无言以对，还是嘴硬："他长得挺帅的，肯定不是骗子。"

三爷："挺帅的？哦，是骗子无疑了。"

我生气地跟三爷说："你胡说！你闭嘴！"

然后直接把电话给挂了。

三爷没打回来，给我发了个红包，写着"算我被骗子骗了三十七行不"。

我消了消气，给他打回去电话，挺委屈地跟他说："爸爸说了，借人钱的时候就不要打算别人会还，我以后会注意的，再遇见这种事让他去找警察……可是，万一他真的很需要钱呢，骗子也得回家过年不是……而且,我长得这么可爱,怎么会有人忍心骗我……"

三爷听我絮絮叨叨一大通,说了句:"你这两天怎么这么'meng'?"

我撇嘴:"可能今天早上起得晚了,还没清醒就有点蒙吧。"

三爷打断我的解释:"不是蒙,我是说萌,让人想侵犯的那个萌。"

话题走向骤然变得如此奇怪,我脑海里不知为何闪过了那个泰迪身下的黑色塑料袋……都说白羊座体内封印着泰迪的洪荒之力,我觉得以后还是放弃在三爷面前自夸比较安全。

6

上大学的时候,有次期末带着作业去厦门找三爷,白天浪了一天后,晚上就挑着灯做作业。

有一个跳棋的程序编到半夜两三点了都没编完,扭头看见三爷已经睡着了,还轻轻地打起鼾来告诉我他睡得多么香甜。

我心里不爽,过去一巴掌拍在他背上,他浑身一颤被我惊醒了。

我记得当时网上有个段子是说男朋友把女朋友打醒然后抱着她哄她说做噩梦了不要怕,于是我如法炮制,刚要学着段子里写的那样安慰他,还没说出口,他就坐起来盯着我了。

然后他冷冷地告诉我:"我还没睡熟,我知道是你拍的,你等着,我要报仇,等你睡着了就等着被打醒吧。"

吓得我决定编程到天亮……

7

也是期末，三爷见我赶作业辛苦，带我去吃牛排。虽然他不会像偶像剧男主那样体贴地给我把牛排切成一小块一小块的，可是一边吃饭，一边看他演戏什么的也是无比精彩的。

那天我们聊天，聊到以前有个高中同学，去剪头发的时候觉得店家剪得太丑了，坐在人家店里就开始哭，哭得那叫一个凄惨，后来老板给她免费了还送了张会员卡。

吃完了饭我胃有点不舒服，他说他也肚子痛，然后，不知道是不是那个剪头发的同学给了他灵感，他忽然痛苦地趴在桌子上，手伸得长长的，指着牛排的盘子："这牛排……有毒……毒……"接着做晕厥状趴在了桌子上。

我配合地摇他的胳膊："亲爱的，亲爱的，你怎么了？"

我们后面那桌刚进门的客人直接吓得换了位置……

而帅气的服务生石化了半分钟后，神态如常地从三爷身边走了过去，并没有减免我们的用餐费。

8

有次我们坐地铁，公交卡里都没钱了，也没有零钱，只好排队去售票口买票。

那是一条巨长无比的队，我跟三爷说让他先去排，我去买瓶水。

结果等我拿着水回来的时候发现队伍依旧很漫长，我站在队伍的一侧张望，看了一会儿才偏头看三爷，然后跟他开玩笑，贱兮兮地说："帅哥，插个队行不？"

三爷瞥了我一眼，指着自己的脸说："亲一下就让你插队。"

我往前走了两步，拉着他胳膊就亲了他脸一下，然后他"履行承诺"让我站在了他前面。

后来，站我前头的那男的一直回头看我，我猜他正在郁闷——"这姑娘怎么还不找我插队？"

9

关于演戏，我平时就常常傻咧咧地分裂出各种人格装着玩，三爷则是那种人前表现得特别沉稳，其实心里已经过了一出宫斗戏的性格。

有次我坐电梯去楼下拿外卖，三爷正好给我打电话，电梯里信号不好，电话被自动挂断了。

等我拿到外卖往回走的时候，三爷又打过来。

我粗着声音跟他说："你女朋友在我手上！想赎人就快拿钱来！"

三爷声音慢悠悠地答："五块钱，不能更多了。"

我生气地朝他吼："你是她亲男朋友吗！就给五块钱？她这么多肉掳过来很费劲儿的！多给点儿！"

三爷"哦？"地疑惑了一声："很多肉？那不是我女朋友，你卖了吧。"

我一时间居然不知道到底要不要高兴……

10

我不止一次地跟三爷科普"井盖"是个多么可怕的存在。

有些井盖看着牢牢地放在那儿，可是你一脚上去就可能翻个个儿让你跌进去,更何况有些下水道根本就没盖!

你知道医院的骨科成天有踩井盖掉下去摔断肋骨的伤患吗?你知道骨头断了多疼吗?

三爷最开始是嗤之以鼻的,后来被我念得不行了也开始有意识地避开井盖。有一天晚上,我们出去吃饭,我全程挽着他胳膊玩手机,根本不看路。

结果到路口的时候,三爷语气夸张地跟我说:"你知道吗,你完美地避过了七个井盖!你都没看路,居然全都绕过去了!"

看着他敬佩的小眼神,我骄傲地说:"因为我一直有这个意识,眼睛余光看见井盖就跟看见树看见墙似的,会自觉地避过去,所以你也要养成习惯。"

其实我瞎编的,我不看路偶尔也会踩到井盖的,那次碰巧了而已。

后来为了帮助他形成反射弧,只要一起走的时候他踩了井盖,我就会毫不留情地打他一拳,疼得他想跟我绝交那种。

如今,我确信三爷真的对这类黑不隆冬的圆形物体产生了强烈的抵触心理。因为上次我们坐七号线,那边的地砖是象棋设计,三爷下车踩到一个黑色的大象棋时瞬间往后蹦了半米远,然后指着地砖跟我说:"不是井盖!"

11

有天趴在床上痛经,突然好想喝奶茶,而且是那种加了好多添加剂的瓶装的特别甜的奶茶,朋友说我其实是想喝添加剂了……

总之我从床上爬起来,身残志坚地跑出去买奶茶,结果小区的超市里居然没有我最爱的煎茶奶绿了。

我是个有原则的人,对待食物绝不将就,于是拖着疲累的身躯又走到隔壁一个小区去买,然而隔壁小区的绿化太好,我走了一会儿迷路了。

我和三爷曾经一起看过一个笑话,讲的是麋鹿给长颈鹿打电话说:"喂,我迷路啦!"

然后长颈鹿回复道:"喂,我长颈鹿啦!"

迷路的我跟三爷发短信卖萌:"喂!我麋鹿啦!"

结果三爷跟我说:"你别骗我,你明明是猪精。"

/(ToT)/~ 猪就算了,猪精是什么形容啊喂……

可能比猪妖好听一点?

不对!并没有!

12

三爷有个很不好的习惯——喜欢摔手机。

在我不太懂事的时候吵着要和他分手,他百般劝阻都不顶用的情况下,他把最初的抗摔抗砸的诺基亚给摔碎了。

后来我又不明事理地和他吵架要分手,然后魅族MX也报废了。

至此,我已经学得很乖地即使吵架也要跟他说不许摔手机保持冷静了。

算下来三爷总共摔了三部手机,而且总是越换越贵,所以苹果出5S的时候,我总是小心翼翼地不和他发生争执。

我曾经语重心长地对三爷说:"你学什么不好,干吗学韩剧男主摔手机呢，那样一点都不酷的。"

三爷辩解只有第一次是他主动摔的，后边两次都是手机莫名其妙地飞到了地上。

后来，我最担心的事情还是发生了，三爷果然换上了5S。

我弱弱地问："我最近没和你吵架吧？"

三爷："这次真的真的是不小心掉床下了……"

13

我，勤俭持家、贤良淑惠，根本找不出缺点的我，在一次和哥哥抢着买车票的时候手一滑，手机屏幕朝下摔了个粉碎。

当时我直接傻眼了，像尔康呼唤紫薇那样深情地摇着我的手机，我们家电视坏了的时候这么摇一摇拍一拍通常都会好的，我的手机似乎也听见了我的呼唤，虽然屏裂了，可还是能开机能使用的，就是碎了的地方触屏不太灵敏了。

后来我拿着手机去维修店修，人家说是内外屏一体的，上来就要280块，我一咬牙，行，280块就280块吧。

等我捧着焕然一新的屏幕回家的时候才发现了一个很严肃的问题——这个屏上的logo是"HOAWEI"，我揉了好几遍眼睛，确认那是"HOAWEI"。

我的嘴张得就跟第二个字母一样。

郁闷了一晚上，我终于说服了自己，"HOAWEI"就"HOAWEI"吧，一样用，我得好好保护它。

于是我从网上买了个钢化膜，自己认认真真地贴膜，贴了半天发现底端总有个大气泡,侧过来看才明白怎么回事……这他喵的山寨屏居然把那个 logo 印在屏幕外面!有气泡就有气泡吧,一样用,我不应该嫌弃它,不然它知道了会有小情绪的。

终于,开学不到一周,我在地上摸床边的手机,"啪叽"一声,山寨屏也碎了,碎碎的,连开机都不出影了。

刚好那几天三爷发了工资,说要给我换 6s,我想了想最近摔手机这频率,理智地拒绝了他,让他给我买了部便宜的手机。拿着新手机的时候突然想起来当年三爷总是毛躁的摔手机换手机,我还老训他,现在已经没有立场了……

14

我和三爷都相信食物是有生命的,所以在吃东西之前赞美一句"看起来超好吃的"很有必要,因为它真的就会一个高兴变得超级好吃!

有次和三爷一起跟朋友吃饭,不小心掉了一块三文鱼刺身在桌子上,我迅速地就把它给夹起来,然后和三爷异口同声地说了句:"趁它还没反应过来!"

接着我就把它给吃了。

朋友问我们在干吗,三爷和他解释:"只要三秒内把掉落的食物捡起来迅速吃掉,食物还没反应过来自己已经被'玷污'了,不会伤心难过自暴自弃,食物的味道就和原来一样好吃。"

我嚼着肉附和道:"没错,是这样的。"

嗯，然后感觉三爷的朋友看我们的眼光就像在看两个白痴。

15

有阵子三爷换了手机号码，我记性不大好，好久都记不住。

于是，三爷趁着在北京陪我的时候努力让我记住。

吃饭时。

三爷："我电话多少？"

我翻着白眼努力回忆："××××××××××？"

三爷纠正后再让我背了一遍才准继续吃饭。

上厕所时。

三爷："我电话多少？"

我抖着腿想往厕所里冲，随口瞎说："××××××××××！"

三爷继续纠正，直到我说对了才放我进厕所。

在路上走着走着，三爷忽然停在我面前，不让过。

我脑袋撞着他胸膛想那个拗口的号码，他就一边推我脑袋一边提示我，号码是几就推几下，零就敲一下。

去倒垃圾，他挡在门口，眼神里是"你懂的"的挑衅。

我仰头看了看他，直接把垃圾袋塞进他手里转身回去了。

总之，不停地被问，我终于形成了条件反射，背他手机号码背得比银行卡密码还顺。

一日，三爷打电话过来："我电话多少？"

我不假思索地说了出来，说完以后疑惑地问："你还不放心呢？我真记住了。"

三爷:"不是,在填一个表格,突然想不起来我手机号码了。"
我:"……"
到底是谁的记性不好啊?

16

三爷和我的作息时间不太一致,可能主要表现在我没事就喜欢睡觉,尤其是午觉连着下午觉,所以三爷给我打电话吵醒我的时候常常会被我半梦不醒地骂一顿。

后来我给三爷定了个规矩,不是急事的话,给我打电话前必须先发个微信问一声。

三爷表示他给我打电话时都是正常人应该醒着的时间,抗议无效后他接受了这个"建议"。

有天他微信发给我个动画表情,是一个人在喂小熊喝水的动画。
我当时正要睡觉,看了一眼假装已经睡着了没回他。
结果等我起床的时候就发现三爷发了好多条微信。
三爷:喂你喝水水。
三爷:你怎么不喝呢?
三爷:心碎。
三爷:果然你已经不爱我了吗?连我喂你的水都不喝了……

身为一个有智慧的高级人类,我是不太明白他脑补出的无聊场景有什么值得他这么自嗨的?感觉好像就算我一直睡着他也能自己过得挺开心的呢。

17

作为维系感情的重要手段,我和三爷基本上每天晚上至少要视频五分钟,有时候要说点儿什么事就多聊会儿,有时候网络信号不好,说句晚安就挂断。

就是这宝贵的几分钟里,三爷也从来不能跟我好好谈个恋爱。

有天晚上我电脑正在放《漂洋过海来看你》,周华健的声音特别有感染力,我就跟着歌一起唱:"陌生的城市啊／熟悉的角落里／也曾彼此安慰／也曾相拥叹息／不管将会面对什么样的结局……"

这么附和我们异地恋气氛的歌,我唱得自己都要哭了,停下来的时候看三爷:"听完什么感觉?"

三爷:"感觉……你唱走调了。"

我:"……"

我微笑着冲他挥了挥手,毅然决定关掉视频,结果他似乎看出了我的意图,拼命阻止我:"等一下等一下,我给你看个好东西。"

好奇心使然,我给了他重新做人的机会,抱着手臂冷哼一声:"什么东西?"

结果就看见他两只手一甩,屏幕前出现了两个红光蓝光交互闪烁的荧光球。

我再次:"……"

他一脸骄傲:"上次去看比赛的时候发的荧光棒,我把里边的荧光灯给拆下来了。"

后来他就一直甩那个球,不亮了就甩,不亮了就甩,甩到电量耗尽球再不亮了为止。

我目睹了这全过程，原本有的那点儿伤感荡然无存。

还有最近一次，我跟朋友出去玩，回来有很多有意思的事想跟他讲，结果他忽然说："我要上厕所。"

我正说到兴头上，凶巴巴地跟他说："不行，憋着！"

结果他皱了皱眉："不行，憋不住。"

然后他就拿着手机站了起来，一边往厕所走一边说："走吧，我带着你。"

看到厕所的门已经被关上，吓得我赶紧主动挂断视频。

神经病啊！谁要你带着！

18

有次一起去商场买东西，看见一对情侣推着一个推车，女的扶着把手，男的从身后环抱住女生也推着把手。

我羡慕地跟三爷说："你看他们那样好甜蜜啊。"

三爷不屑地说："公共场所，太有伤风化了，你没看见好多人都看他们吗？"

我撇嘴，迅雷不及掩耳之势踢了他小腿一下，继续逛。

逛了一会儿，又想起来那对情侣，试探着说了一句："我们也试试呗？这边都是货架，没几个人。"

三爷无语地松开推车后退了一步，我挤进去以后他又继续推车。

不知道是不是因为那对情侣里的小姑娘比较娇小或者那天我穿的外套太肥了（反正不是因为我胖），三爷环住我之后我的感觉就跟被卡在两面墙之间似的，基本不能随意动弹。

而且走路也不舒服，不是脚尖撞到车轮子就是脚跟撞到三爷的脚，走了几步我就从三爷胳膊底下钻出去了。

我问三爷："他们这么走不累吗？"

三爷答了句："跟你说有伤风化吧。"

我："有伤风化是这么用的？"

三爷没理我，认真地挑我们隔天要去岛上玩时的吃的喝的。

虽然这么说很没出息，但是我觉得我最喜欢三爷的就是他给我买吃的时候的样子，所以小跑着跟上去，从后头抱住他的腰，脸埋在他的背上："我们这么走吧。"

三爷没吭声，我估计他心里挣扎了一下在公共场所这样做合不合适，不过最后他也没让松开，我就这么抱着他跟着他走了一大圈。

后来一去商场，他第一步推车子，第二步就是让我从后头抱着他。

我有时候逗他："大妈在笑话你呢！"

他就自欺欺人地说："大妈笑话的是你。"

同学，说好的有伤风化呢？你脸不疼吗？

19

真正让我觉得和三爷志趣相投的点应该就是：吃。

有次三爷来我家吃饭，中午，喝了些酒有些困，他还有我的两个哥哥就待在我屋里一起看《Legal High》，我那天吃得有点儿多，翻箱倒柜地找出盒助消化的药。

刚拆了包装他就凑过来。

三爷:"在吃啥啊?"

我:"大山楂丸。"

三爷:"好吃吗?"

我哥瞥了一眼,插了句:"药啊。"

三爷回我哥:"我知道是药……"然后又眼巴巴地问我,"好吃吗?"

我不忍心拒绝地问:"你尝尝?"

三爷:"好好好!"

然后我俩一人拿着一个大药丸子啃了起来,我哥看我们的眼神很微妙。

还有次我在学校写论文写到大晚上,用脑过度所以觉得肚子特别饿,裹着大衣跑去楼下超市。简单粗暴地想吃个泡面,结果选择障碍不知道买什么好。于是给三爷打电话,他给我分析了我们超市卖的那四五个牌子的所有口味的优劣,连超市的那个什么我没听说过的泰国面他都知道……最后,在三爷的指导下我成功地买了一个我觉得一点儿都不好吃的碗面(目前来看我并没有找到比红烧牛肉面更好吃的味道)。

但还是要说,有这么一个吃过市场上所有泡面的男朋友我也是醉了。

某年寒假,我去三爷家玩,看到三爷卧室的桌子底下整齐地摆着一排罐装雪碧,开心地想拿一罐喝,拿起来却发现是空的。

我不解地问他:"哎?空瓶子。"

三爷答:"啊。我妈不让喝饮料,这是过年的时候喝完的。"

我踹他:"你好懒,放那么久还不扔了。"

三爷:"我特意留下的,还嘱咐了我妈好几次别给我扔了。"

说到这里,三爷眼里流露出泛着泪光的深情,看着那排空瓶子说:"我留着每晚睡觉前看一眼,当个念想。"

我:"……"

万万没想到,我的情敌竟然是一群毫无战斗力的空瓶子……

就像我以前说过的,一直不确定什么是爱情,可是跟三爷在一起的时候总是过得特别开心,牵手逛街开心,看电视开心,各玩各的手机也开心。尤其是他跟我说"咱们去吃××吧""你想不想吃×××""我给你买了榴莲吃"的时候,我感觉我能再爱他十年。

大概两个吃货谈恋爱,最大的好处就是没有出去吃一顿解决不了的问题,有的话再吃一顿就好了:)。

20

我和三爷的爱情里占据最多部分的,一个是吃,另一个就是吵架。大的架没吵过几次,但是小的争执隔几天就会有,小到可能十分钟就和好了。

容易吵是因为我脾气急躁,吵不大是因为他根本不理我……后来三爷似乎已经成功地 get 到了如何机智地避开吵架了。

我们学校那边有个面包店搞活动,每个手机号码每天可以抽一次奖,我是每天十二点准时抽的,老抽不中,就让三爷给抽,跟他说了一天他都没弄。

晚上问他:"抽了没?"

他诚实地说:"还没。"

我刚想发脾气,他突然就转变话题:"等等,你祈祷一下,不然肯定是谢谢,快。"

我一看赶紧把骂他的话都删了,改成:"祈祷!"

他应该已经在抽奖了,跟我说:"脑子里想着面包!"

我一面发动念力心里疯狂地喊着面包,一边发给他一个面包图画。

结果最后只抽到了五元代金券。

三爷赶在我说话之前甩锅:"肯定是你心不诚。"

我已经忘了开始在生气什么了。

有次三爷出差回北京,去学校接我回家,路过一个卖甜品的摊位,我指着榴莲千层跟他说:"你给我买这个,一会儿我请你吃好吃的芝士蛋糕。"

三爷说好,给我买了千层以后我俩先去饭馆吃了个饭,吃的铁板茄子,味道不错,就是吃完了觉得咸得口干,三爷开心地牵着我的手:"去买芝士蛋糕吧。"

我放假之前在附近的那家古早味花一百块钱办了张会员卡,一次都没用过,很富婆地打算买个大蛋糕和三爷回家吃,我俩顺着西街走,走到路的尽头了,三爷问:"哪儿呢?"

我也很疑惑:"可能刚才走过了吧,往回走走。"

然后走回去又走回来,依旧没有。

三爷问:"你是不是在梦里太想吃蛋糕了,做梦办了张会员卡啊?"

我反驳"不可能",然后给我同学打电话确认一下那家蛋糕店附近的店铺，发现都在呢，只是蛋糕店变成了卖炸鸡架的。

所以，它应该是倒闭了……闭了……了……

我看着炸鸡架的大叔，默默地跟自己说要坚强不要哭……

可是，事实是整整一路我都在唧唧歪歪，说了半天"气死宝宝了"，并且眼瞅着就要把发生在我身上的惨案情绪转移到三爷身上去时，一直没说话的他突然来了一句："这么生气的话，报警吧。"

印象特别深刻的一幕，我们当时正要上地铁，站里闹哄哄的全是人，他说完这句话以后我就不知道怎么继续抱怨了，然后乖乖地跟在他后头安静地往家走。

我们现在吵架次数很少，因为我已经找到了自我排解的好方法，这个方法我记得跟读者们也说过，生气难过的时候先别急着哭别急着闹，找个地方一坐，咣咣咣零食饮料摆一圈，敞开了肚皮吃喝，等吃得差不多进的气多出的气少，眼睛也不自觉地要上翻的时候就停下来。

然后，你会发现……

不行，得先找点健胃消食片。

小布手记

食物真的有感知能力，下次吃饭前记得夸一夸它，如果有人觉得你是神经病……你就假装自己是吧。

第九章

为了新生活而努力奋斗

WOXIANQIDEYANGZI
NIDOUYOU

研一上学期，班级群里推荐了一个兼职的工作，是某艺考机构招老师，我那段时间课很少，看着丰厚的报酬心动不已，想着拿到工资就可以去找三爷浪了，于是就报了名。

那是我第一次独自去那么远又那么陌生的城市，地标广西柳州。

1

要走的时候三爷还在北京，他当时要参加一个考试，在只能摆下一张床的狭小民宿里，他披着被子坐在床上不开心，而我只能插着菠萝块喂他让他别难过。

那时候因为种种原因我们已经把那个需要转四次地铁再转公交车的房子退了，他来北京就临时住在我学校附近的民宿或者宾馆里。

临行前一天我要去机房值班，三爷带着复习书陪我值班，等到值完班锁门的时候已经晚上十点了，他背着书包，陪我去书店又挑了两本艺考的教材，然后就拖着我的手带我去买吃的。

鸡排、炸蘑菇、果汁、卤肉卷，买了一堆带回去给我吃，不舍的眼神就跟养大了一头猪终于要宰了似的，宰之前还得喂它顿好的。

总之，在无比诡异的气氛中，我吃饱喝足睡了个好觉，因为睡得太好，第二天早上没能按时起床。那是七点半的高铁，五点半的闹钟响了以后三爷踹了我一脚让我起床，我选择抱住他继续睡。

具体过程不细说了，反正就是，我俩跑得差点儿吐了也没赶上火车，好在还有趟当天九点的车，改签完了三爷还带我去吃了份麦当劳的早晨全餐，我一边吐槽说"这不就是煎蛋和煎馒头片嘛我也能做"，一边被他敲着脑袋说我赖床耽误事。

因为整个早上都太过慌乱，我跑去蹲了个坑出门就被他揪着送进了检票口，连悲伤都没来得及酝酿，迷迷糊糊地就走了。

高铁途经武汉，一度我想下车等他过两天回来了给他个惊喜，又生生压下了这荒诞的想法。那时候我才发现，不管经历了多少次，我还是接受不了分别。

2

到柳州的时候是晚上了，天还飘着小雨，机构的校长去接我，是个高高瘦瘦的年轻男人，比我大不了几岁，我们随便聊了会儿天，车到了我住的宾馆后他说第二天来接我去学校。

那个房间超级大，大到什么程度呢？这么说吧，第二天早上我出门时，对面和我屋一样格局的房间开着门，里边粗略目测至少有六七个赤着上身只穿了短裤的年轻小伙子（我真不知道他们是干吗的 _(: з ∠)_ ）。

我一个人住着这样的一个七人间，每天孤独得能把墙抠出个窟窿来，进屋之后、睡觉之前，总要去认真地看每个窗户的锁都上好了没，开门的时候也会先看几眼里边有没有藏了人再进屋。那段时间满脑子都是以前三爷说的"就算你丑，可是万一坏人瞎呢"，虽然我不认同他污蔑我美貌的话，但我确实总在脑补着要是有人侵犯我，我喊"救命"，隔壁那六七个帅气的年轻小伙子会不会来救我。

那几天每晚都会买很多好吃的带回宾馆吃，可还是觉得想三爷。我头一回觉得，原来我最爱的不是好吃的，而是能陪我一起吃好吃的三爷。

3

有两个很久之前就聊得很好的读者，一个叫爱吃，一个叫软妹，两人都在附近城市，并且软妹是柳州人，于是在我还没出差前就已经定好了面基的行程。

面基前一天，她们决定坐火车来找我玩，计划是四点半找到我然后我们出去吃饭游江浪荡。

而事实是，"经常"在群里嘲笑我"愚蠢"的爱吃同学到火车站发现没带身份证上不去火车，穿着凉鞋裙子一路狂奔回学校拿证件，再回到火车站时，火车已经"呜呜呜"地开走了，于是只能改签到晚上九点到的车次，让端着两人份翅桶的软妹独自坐车独自解决掉一整个翅桶。

虽然爱吃不靠谱,但是没关系还有一个软妹嘛,因为她是本地人,本来是想说去她家吃个饭然后出去游江浪荡的。

但事实是,"据说"方向感"挺好"的软妹同学趴在铁门上接到了下课的我,然后带我坐公交车去她家,用时一小时零七分钟坐回了我们最开始上车的地方:)。

等到吃完饭又去接了迟到的爱吃后,我们整晚都没出去玩,回家的路上买了一堆零食,然后坐在床上玩斗地主……斗到十二点……

事实证明,比起她们,我显得如此从容又智慧。

4

机构的孩子们都特别可爱,十七八岁的年纪天真又善良,每天下了课就领着我在学校附近找好吃的。因为是集训,我们一天的上课时长是八小时,但我晚上不想回宾馆对着电视无聊,就主动每天晚上带着他们看电影写影评,这样回到宾馆再备个课差不多就十二点多了,然后一觉睡到大天亮。

校长的妻子也是机构的老师,而且和我是老乡,因为我一个人孤零零地来到这边,对我特别照顾。夫妻俩每天都请我去吃柳州的好吃的,然后学生们就会羡慕嫉妒恨地和我玩闹。

隔壁班的学生听说来了一个新老师,都问是哪个,然后看见他们指着混在人群中穿着T恤的我时都震惊地表示:哇!好可爱!我还以为这个是新招的学生呢!(没错,我扯了这么多,就等着说这一句。)

5

　　学生中有一个男孩子,大概快有一米九那么高了,长得很不错,天赋很高,脾气也很好。有天天气特别不好,一早进教室开投影仪的时候我还有些起床气,结果他来了递给我一杯奶盖红茶,味道好喝得能飞起来,治愈了我一天的心情。

　　后来,我讲完课了要回北京的时候,他们都开玩笑说要搞个大阵仗去送我,请个乐队摆个花环拉个横幅什么的,我站在门边听他们胡扯。说到最后,又说要来个深情送行的话剧表演,奶盖小哥像是英国绅士那样拄着一柄黑色的长伞慢慢走到我身边,绕了个圈然后"嘭"的一声在我头顶打开了雨伞,就像"嘭"的一下在我头顶开了一朵蘑菇似的让人心动。

　　我有点儿脸红地在群里跟读者们说居然被一个十七岁男生给苏炸了,说完了也就忘了这回事了。

　　直到有天路过贡茶的店面,我跟三爷说:"给我买个红茶吧。"

　　三爷忽然冷笑了一声:"找你的奶盖红茶小哥去吧。"

　　真是的,心眼就这么大(用手比画了一个针眼孔)。

6

　　回到北京以后,忽然发现很喜欢扮演老师这个角色,也很喜欢和孩子们在一起时的单纯,虽然总要为熊孩子们操心,可那种不市侩的感觉让我很向往。

　　我打电话告诉三爷:"我要创业,可能前三年都会赔钱,你支持我吗?"

三爷:"你写小说赔得还少?"

我说:"不是的,是真的创业,一个搞不好倾家荡产那种,可能全得靠你养了。"

三爷:"我书读得少你别骗我,你以前不就是说想不工作让我养你吗?"

我:"哦,也对,那就没什么事了。"

后来三爷还是问了下我想干吗,我就把自己想办个艺校的想法和规划说给了他听,常年异地恋,我们基本上是老夫老妻模式,在一起的时候吃吃吃,不在一起各忙各的,超过半小时的电话很少打了。

等我说完我所有计划,他沉默了一下,然后突然对我说:"我今晚好喜欢你,就像看见了我初中时喜欢的那个闪闪发亮的你。"

小布手记

本章关键词:

1. 我比我的读者机智;
2. 我看起来像十七岁。

第十章

在所有人事已非的景色里
我最喜欢你

WOXIANQIDEYANGZI
NIDOUYOU

从上大学那会儿开始，我和三爷就开始作天作地地省钱、赚钱，只为了买张打折机票见对方一面，从那时候起我就希望有个自己的小家，家里的一切按照我喜欢的方式陈列，住着我喜欢的人和喜欢的狗，所以我总是怂恿三爷先领证，婚礼可以等我研究生毕业再办。

但是三爷总觉得结婚是件很严肃的事情，领了证不办婚礼显得太随便了，而办婚礼也不是简单的举行仪式，还意味着买车买房、工作稳定、有一定积蓄保证我丰足的生活。

这或许是男女生思维的差异，我们谁都没能说服谁，然后有些随性又认真地在一次次用钱堆起来的浪漫旅途中学习爱情这件事。

1

忘了是大几的时候，期末最后一门考试，心急的我五十分钟做完卷子交了就跑回宿舍，那时候一分钟都不想耽误，订的就是考完试之后的机票。

等我拉着拉杆箱咬牙打了辆出租往飞机场赶时，忽然下起雨来。过了安检坐在候机厅，听着广播无数次地说飞机起飞时间延迟，从中午等到了下午四点多，忍不住过去问工作人员，结果对方说估计飞机会取消，让我趁早去改签。

我郁闷得不行，打电话给三爷。三爷之前就一直跟我说让我回宿舍第二天再去，说雨天就是飞了也不安全，我不信邪，偏在那儿等着，结果等出来了一肚子火。

后来看雨确实没有停下来的迹象，只好去提了我的行李，办了改签，然后找机场大巴回学校，结果去买票的时候人家说大巴今天不上班了……

我那时候情绪就有些崩溃了，走到出租车点打车，身上没剩多少钱了，跟司机说："师傅，麻烦把我送到最近的地铁站吧。"

司机又确认了一遍，然后就开始黑着脸："我这儿等了一个小时才排到我，你给我来一句到最近的地铁口，哎哟，我今天本儿都赚不回来。"

我也觉得挺对不起人家的，可身上没带够钱，只能一边道歉一边擦眼泪，到最后光顾着哭连话都说不出来了。司机大概也被我吓到了，不再念叨，随便把我放到一个地铁站就走了。

回宿舍后，想到本来这个时候我应该和三爷以及帅帅的舍长朋友们一起嗨皮了，现在却在盘算我花的打车费，还有已经付了的房费，心疼不已，喝了三罐可乐才把悲伤压下去。

2

从柳州回学校以后，工资很快就打到我卡上了，看着卡上的余额，我又开始盘算着怎么作。

于是我做了件大事，一件显得我是个蠢蛋的大事……

三爷每个月都会来北京陪我两天，那天他给我打电话说这个月他不回北京陪我了，请了两天假，算上周末一共四天，打算回青岛家里一趟。

我自然很痛快地答应了，毕竟要装作一个懂事的媳妇。

可是因为卡上有了钱，就突然想要给他个惊喜，正好后边几天都没课，我就买了他回家那天的车票跟着一起回家。

按理来说他要转车，从武汉坐到济南，然后从济南上车的时候坐的就是我坐的这辆车。于是我冒着风霜雨雪，起了个大早去上课，和往常没什么两样，甚至还在食堂打了四人份的早餐给我室友带到教室。

只是下了课我背着书包和她们道别的时候，她们一脸疑惑地问："去哪儿？"

我说："回家啊。"

那是个很仓促的决定，前一天晚上和她们说我要回家的时候她们都以为我在开玩笑。

总之我在室友们震惊的眼神欢送下踏上了回乡的旅途。

很浪漫对不对？

到了济南站我给三爷打电话的时候也这么想的，顺便脑补了他会跟我来个热情的拥抱和害羞的亲吻。

然而，当我打通电话问他在哪节车厢的时候……他诧异地告诉我："我在上班啊。"

……

所以事实就是我记错了他回家的日期……而为了给他惊喜不引起他的怀疑，我那两天和他打电话时完全没有提起过他回家的事更没有确认过日期的事……

当我风尘仆仆地回家后，我妈也是一脸蒙地问我："你回来干吗？"

我说:"北京太冷我回家避寒。"

我妈看着漫天的雨夹雪,沉默了……

3

总之在被窝里待了一天表现出自己真的是为了避寒而回家后,我连装矜持都不会装地把自己包得像个粽子似的颠颠地跑去了三爷家。

去的时候是大清早,三爷刚起床正在洗刷,穿着秋裤给我开的门,然后一边刷牙,一边让我换拖鞋。

我换好了鞋跟在他身后问:"你爸妈呢?"

他在洗手间漱了漱口,对着镜子说:"出去买做中午饭的菜了。"

洗手间比较狭小,我在门外站着,等他漱完口擦了擦脸往楼上走的时候,我"啊咧咧咧"地叫着从后头一个前扑挂在他腰上,嘻嘻笑着问他:"你想我了没?"

他被撞得歪了一下又扶着栏杆站好,拿开我手还没说话,楼上忽然走下来他爸妈。

显然他们听到了我的声音,说不定还从我俩的动静里脑补了些什么,我当时简直要吓得跪下,红着脸跟家长打了声招呼,一溜小跑地拉着三爷上楼去他屋里了。

回屋以后我就不停地拍他胳膊:"你无不无聊!你骗我干吗!丢死人了!"

三爷说:"我真以为他们买菜去了。"

我不听,继续打他。

因为刚进门的时候我觉得刘海儿老往下掉,我问过三爷:"你家有卡子吗?"

三爷这会儿一边挨打一边拿出一堆他文具盒里五颜六色的书夹问我:"你要什么颜色的?"

我又气又笑的,最后刘海儿真的被他用一个粉色的小书夹给固定住了。

4

因为知道三爷爸妈也很想他,我没拉三爷出去玩,就在他家待了一天。

也没什么好玩的,我俩就是靠在床头拿着 iPad 看节目,后来三爷妈妈送了盘西瓜来给我们吃,准确地说是给我吃,三爷不爱吃西瓜。

怕西瓜水滴到床上,我们换成用电脑看,他坐在椅子上,我坐在床沿上。

三爷屋的"床"没有床的真身,就是个床垫子直接在地上,所以很矮。我坐在床沿上啃西瓜的时候三爷手就随意地搭在我脑袋上,我问他笑什么,他回我:"笑摸狗头啊。"

如果不是怕脏了手里的西瓜,我一定托马斯全旋着踢他脑袋。

那天看的是《全员加速中》,我觉得这节目还挺有意思的,三爷笑笑不予置评,纯陪着我看解闷。我看这种综艺节目的时候习惯全程吐槽,根本停不下来的那种,以前我室友跟我一起看片都要求我拿胶带粘上嘴。

那期节目确实挺无聊的,连我都受不了了,说:"要不然在 B 站看吧,评论好笑。"

三爷说:"一个人看的时候看 B 站,跟你一起的时候听你说就够了。"

也不知道是夸我还是损我,反正他还是陪我看到了节目片尾曲响起。

他唬着脸问我:"你觉得哪里好笑?"

我举着西瓜皮说:"婆婆给我买的这个西瓜好甜。"

他"扑哧"一声就笑了。

晚上送我回家的时候,我和他用力地拥抱了一下,说:"下个月见!"

然后,发了条状态说:"这种一个月见两天的感觉好像来大姨妈啊……"

结果网友回复我:"哪里比得过大姨妈,大姨妈都不止来两天好吗?"

难过得我就像是那坨被我啃完了肉的西瓜皮。

5

12 月 3 号是我和三爷的恋爱纪念日,说实话,我们从来没有庆祝过这个日子……因为都是身处复习月没法见面。

跑回老家啃西瓜这事离我们纪念日也就是一个多星期,秉持着"有了钱就是要作"的精神,我在 2 号晚上突然萌生了纪念日去武汉找他的冲动。

后来洗了个澡出来，仔仔细细地剥了一个柚子，顺便看了看当月的账单，冷静了。

我给三爷打电话，问他有没有纪念日礼物，其实就是随口一问，并没有什么期待。

结果他很神秘地说："有。"

我惊喜地问了半天是什么，他都死死咬着不说，反问我："我的呢？有吗？"

我一下子就不知道说什么了。

2015年，我们已经认识了九年，在一起四年，熟悉得跟左右手似的，并且一直很有共识地觉得这些虚了吧唧的日子不必特别庆祝。

他就像要糖的小孩似的一直缠着问："我的礼物呢？吼！你没准备对不对！你根本就不爱我！你连纪念日都不送我礼物！你是不是根本就忘了纪念日！"

语气和第一年他没送礼物时我的无理取闹一模一样。

我只能老实地听他把我说过的话都还给我，不敢说"要不我明天亲自找你过节去"这样的话，就怕说出口了他立马给我买车票。

有些事你不能老想，因为想着想着，就会成真了。

6

纪念日那天中午，我下了课叫了炸鸡的外卖回宿舍，可乐才喝了两口，忽然接到三爷的电话，声音无比憔悴地跟我说："我在医院。"

我吓了一跳："你怎么了？"

据说他痛得在床上打滚："肾结石。"

在他得这个病之前，我都没听说过"肾结石"，人总是因为无知而自己吓自己，我当时脑子里想的全是他身体里头长了石头。我问他："那要做手术吗？"

他答："还不知道，刚打了止痛的针，大夫一会儿跟我说怎么办。"

我一边跟他打电话一边把书包背上，都没想着把课本给拿出来，跟他说："你别怕哈，我这就过去。"

那是我第二次连行李都不收拾就往火车站跑，距离上次这么做只有一个多星期，并且都是为了同一个人同一件事——去见三爷。

出了宿舍又跑回去，把我的炸鸡套餐给捎上当午餐和晚餐，然后在去的路上用手机订了最近的高铁票。

在车站收到室友的问候，她说："你们可真浪漫。"

我无奈地回："可不是嘛，烧钱都浪漫。"

7

收到三爷的信息说不用手术，我的心才算落了地，给我家里打了个电话知会了一声。我妈说不是大病不要紧，不过那边他一个人确实挺不方便的，我去照顾几天也好。

我是第一次去武汉，之前的计划是放寒假的时候过去找他，看看黄鹤楼逛逛欢乐谷再吃吃吃吃的，结果这意外的变故使得攒够的出游费打了水漂。

我问他："大夫说你要怎么办？还能上班吗？"

他答："多喝水，吃药。不上班了吧，都结石了还上班！"

我挺高兴地问:"那你问问大夫可以去欢乐谷吗?"

他一本正经地答:"应该可以吧,坐坐云霄飞车什么的小石头'哗'地就甩出去了。"

……

很晚才到武汉,在出站口看见三爷裹着个橙色的棉服,脸色苍白地站在栏杆后等我,离着老远就笑得跟个傻子似的冲我挥手。

车站外边全是卖小吃的,三爷一会儿问我吃不吃这个,一会儿问我要不要那个。我拉着他就跟拉着个随时要撒欢跑掉的大型犬似的,不停地摇头:"不吃不吃,不要不要。"

他在不知道什么名字的小吃摊前站住,对着我说:"好高兴啊,你在我身边。"

我看着他也有些感动,站着不知道说些什么。

直到老板终于忍不住出声问:"要手抓饼吗?"

8

估计是太过紧张又没好好吃饭,我去的那天晚上肚子就开始疼,第二天早上直接在床上疼得打滚了。

身为病号的三爷一早去楼下买了粥和点心回宾馆给我吃,然后十点左右的时候他开始不舒服,两个人搀扶着打了车去医院。

先伺候着他拿着药方开了药打上针,我也挂了个号去看肚子,说是急性肠胃炎,又抽血又验便地楼上楼下地窜。

偏偏还有个不省心的三爷,过一会儿就给我打个电话说疼死了,我抽完血就赶紧去输液大厅找他,他有些不好意思地小声说:"我想嘘嘘。"

我点头："好好好，嘘嘘。"

去厕所前伸头看了一下没人，拉着他慌张地进了隔间，他自己举着药瓶，我扭着头帮他把裤子脱了，催他："快尿。"

他有些羞耻地跟我说："你别看。"

反正磨磨蹭蹭的，等我们俩从隔间出来的时候已经是五分钟以后了。

进门的一个大爷吓了一跳，退出去确认了一下门上的标志，还没说话，在外间换卫生纸的保洁阿姨先开口："哎，小姑娘，那是男厕所啊！"

我憋得一张脸通红，不知道怎么解释，后头的三爷也走出来时，那阿姨才一副了然的微笑，笑得我更害羞了。

再后来，输液大厅里，我们两个人靠坐在一起各自输液了，我这陪打针还真是陪得名副其实。

9

我打了一天针就觉得好多了，第二天再陪他去输液时我全心扮演陪护角色，把新买的热水袋灌上水放在他手下暖和着，又给他倒了水吃药，托着腮安静地坐在旁边看他。

他状态也不错，我们坐在输液室的角落里，那时候人很少，我开了电脑的公放跟他一起听歌，听到莫文蔚的《爱》时忍不住跟着一起哼唱。

"因为我会想起你，我害怕面对自己，我的意志总被寂寞吞嘁……"

后来一首老歌接一首老歌地唱，他的药输完了都差点儿没注意。

离开医院的时候他还委屈地跟我说："你没来那天，我的血都回去那么老高了，护士才慢吞吞地给我拔了。"

三爷输了三天液情况好多了，大夫说先吃药就行了，等疼得厉害了再去医院。我对吃药这件事一向很认真，说一天三次就一定要八小时吃一次。三爷晚上八点多吃了一次药，所以我就调了早上四点多的闹钟打算叫他起来吃完再睡。

结果半夜也不知道几点，忽然就醒了，然后随便披了件外套下床去烧水，冲药，拿着木棒搅拌，觉得水温差不多的时候，手机闹钟响了。

当时骄傲得不得了，觉得自己把三爷照顾得真好，一巴掌拍在他背上把人叫醒，还等着他夸我两句呢，结果他迷迷瞪瞪地把药喝完躺下就呼呼地睡了，估计第二天起来都不一定记得晚上醒过。

10

周末回到学校，去收发室拿三爷之前寄给我的纪念日礼物，是一瓶香水，樱花味的。

虽然延迟了很多天，虽然嘴上说着"不要瞎花钱买些没用的东西"，可还是很高兴。作为一个找别扭星人，我喷了一点儿之后就跟三爷说："味道太腻了。"

三爷回："腻点儿就腻点儿吧，反正我觉得你就是sakura（樱花）。"

噫，虽然很肉麻可是想想还有点儿小激动呢。

11

放寒假和以前的高中好友聊天，好友 A 忽然问了个问题："你们微信给自己男友的备注都是什么啊？"

好友 B："小太阳。"

好友 C："王子小 X。"

我们群吐槽："他给你备注公主小 X？"

我："joe，猪的谐音。"

这个群的日常大概就是没有营养的"哈哈哈哈哈"，等我们仨说完了等待 A 的回答时，A 忽然抛出来一个截图，是她和男友的聊天过程。

A 男友："原来我拿着 kindle 上厕所抽烟，所以一打开就有烟味。"

好友 A："哈哈，还真是寸步不离呀。"

A 男友："当然啦，为什么不呢，我那么喜欢你。"

看完了截图再看昵称写的是"吾皇"。

群里一片冷漠脸。

好友 B："不用非得发截图的。"

好友 C："明天聚会你不用来了。"

我："为了炫耀这一句我那么喜欢你，生生地开了个话题。"

一起攻击完好友 A 后，大家的话题又转向了结婚的事。

好友 A："我五一就打算带男朋友回家，接着领证。"

好友 B："今年出国之前可能会订个婚吧。"

好友 C："我应该明年春节的时候带我对象回家来。"

我大概地算了算，B 和男友在一起一年，C 和男友恋爱两月，而

A……才跟她对象好了三十天啊!

我手动再见脸:"我和三爷可能还得鏖战两年半。"

这群没良心的纷纷发来贺电:"祝你们完美度过七年之痒并且能修成正果。"

受刺激的我晚上就跟三爷说了这事:"她们都比咱们恋爱晚!可是她们都要在我前头结婚了! A虽然和男朋友纠结了快一年,可真正在一起才一个月!他们五一就领证了!"

三爷轻描淡写地说了一句:"他们可能是真爱吧。"

我生气地说:"你不要这个态度!你这个态度很容易失去你的宝宝我跟你说!"

三爷继续轻描淡写:"乖,等你毕业。"

我继续生气:"等我毕业还有好久呢,两年半!"

三爷:"哦,我知道了,那我们五一订婚十一领证好了。"

我把还要抱怨的话从输入栏删掉,一脸蒙逼地问:"啥?"

又看了一遍他的话,手舞足蹈地就开始威胁他:"我要发微博!我有两千粉呢!你要是赖账你等着!我跟我粉去你门口堵你!"

他迟疑了一会儿,说:"好像已经开始后悔了呢 [微笑]。"

12

虽然很丢脸,可是看见三爷愿意改变开始的决定顺从我的心意时,我是真的特别不矜持地开心得不行,并且确认了很多遍:"这个只是商量,等要结婚的时候你还是会跟我求婚对吧?"

得到了肯定的答复，我才放心大胆地"哈哈哈哈哈哈"。

我从不质疑他对我的爱，可总觉得有了婚姻的维系会让我更加心安，即便只是领个证不能住在一起，甚至在我毕业前可能继续分离两地。但是那张证能表明我跟空气谈情说爱的时候，国家是支持我的。

那天晚上三爷说出今年订婚、领证的话以后，态度来了个大转弯，像是恶霸老爷一样和我进行了"愉快的对话"。

三爷："我们结婚了你要听我的话，要乖。"

我："当然了！我都听你的！还给你洗衣服！"

三爷："你懒。"

我："……对，我懒。"

三爷："还有你太聪明了，我希望我媳妇比我笨一点。"

我："其实我特别蠢，真的。"

三爷："你是挺蠢的。"

我："……"

三爷："你想什么时候要孩子？"

我："毕业就要吧，早点要，还得生老二呢。"

三爷："但是不能让你一个人带孩子啊。"

我："你不要找借口了[严肃脸]，你得跟我结婚。"

我们就这么东扯一句西扯一句的，直到半夜两点才互道晚安。

都要关机了，他又发来一句："我会努力的。"

很平常的一句话，却让人无比踏实。

13

三爷放年假回家，跟家里说了我们的婚事以后，三爷妈妈让我第二天去家里吃饭。

因为这些年没少去三爷家吃饭，所以我一点儿都不紧张，把之前买好的坚果礼盒找出来放在床边就进被窝去玩手机了。

结果手贱地点开了一个美食向的综艺节目，大晚上的越来越饿，越看越饿，手蠢蠢欲动地往床底伸。

那里藏着不能被我妈发现的我在网上买的辣条大礼包……

总之，我罪恶的双手撕开了辣条那欲拒还迎的包装袋，然后毫无节制地开始一包一包地吃起来。

吃完了继续看，看饿了又继续吃，一直看到凌晨三点半才把节目追完了睡觉。

半夜放纵的后果就是第二天根本起不来床，到三爷家的时候已经十点半了，三爷妈妈都开始准备午饭了。

蛤蜊炖羊排，味道一级棒，而我，却开始了坐立难安。

大概是前一晚的辣条开始觉醒了，我的肚子咕噜噜地小声叫唤着，分分钟要蹦出屁来的感觉。

这是我们谈婚论嫁第一次跟公公婆婆吃饭，很难想象如果我开始放连环臭气，这门婚事还能不能成。

因为一直在凳子上挪屁股，面对美食也没怎么动筷子，婆婆疑惑地问："不合口味？"

我赶紧摇头："不不不，很好吃。我减肥……"

婆婆热情地给我夹了好几块肋排:"不胖,多吃点,减什么肥!"

总之,这个过程很艰难,为了不让婆婆觉得我不喜欢她的饭,我只能迅速进食。

终于吃完了饭,我头一次没主动要求去洗碗,迫不及待地跑上了楼进到三爷的房间,打开天台的门,跑出去在寒风中畅快地"释放压力"。

回屋时三爷也上来了,问我:"今天怎么吃这么少?"

我心虚地答:"为了结婚的时候照相好看点儿,节食呢。"

14

冬天太冷了,我不想裹得跟熊似的出去玩,就从网上买了个连花篮都需要自己编的 DIY 手工小屋,和三爷窝在屋里的沙发上一起动手动脑,哦,不怎么需要动脑。

因为那个小屋的主题是"纪念日",所以里边的钟表上要自己贴日期,我问三爷贴几号,三爷看了看手机,说:"就今天吧,2月2号。"

我问:"为什么?不要这么随便啊!好歹找个纪念日啊,今天算怎么回事!"

三爷答:"今天是小年啊,哦,要非说是纪念日的话,今天是第一次分手四周年!"

我看着他那一脸由衷的"节日快乐"的微笑,气得把图纸一扔就跑到床上去睡午觉了。

三爷跟过去拉我:"别睡啊,我刚玩出点儿兴趣来,接着做吧。"

我用回旋踢拒绝:"我要午睡,你自己玩吧!"

他迟疑地在小屋和我之间来回看了好几趟,最终"艰难"地决定跟我一起午睡。

谁知道我醒的时候发现就我一个人在床上,三爷已经在沙发上搭板子了。

我:"有那么好玩吗?觉都不睡。"

他忽然走到床边,爱怜地摸了摸我的脸:"睡得好好的,被你一个屁给崩醒了。"

辣条不是好东西,你们以后少吃,真的。

15

我睡觉属于比较霸道的那种,就算睡前自己窝在被里老老实实地躺在床边,醒来也一定是摆出个"大"字形躺在床中央。

最开始和三爷一起休息时,我俩是背靠着背睡的,因为如果面对面总觉得闷得慌睡不着。

冬天去厦门住的时候,那里湿冷,我不自觉地就会把被子都裹在自己身上,三爷常常睡到半夜被挤得半边身子掉下床,据他说如果他回去抢我的被,我就会无知觉地踹他,还是没轻没重地使劲踹的那种,搞得他只能小心翼翼地扯点被角盖着肚子。

有次我们睡觉之前吵架,那是半夜一点多钟了,我们刚跟同学唱完歌回住处,也忘了因为什么事,反正就是背对着背谁都不理谁,我一生气,脑子一抽,也不知道怎么想地就把被子给掀开了,把自己露在外面冻得打哆嗦,想用这种折腾自己的方式让他低头。

结果我都快冻成冰棍了他也没反应。

十分钟以后我实在受不了了,轻轻地挪起来看他,发现他居然已经睡着了,打呼呼的那种。

气得我用力掀开被子钻进去,把我冰凉的胳膊搭在他肚子上想冻醒他,结果他只是把手按在我手上,继续呼呼地睡。

那晚我委屈地想着第二天起床就要收拾行李回家,脑补着他跪求不要分手不要走的画面,一会儿笑一会儿哭地自己演了场大戏才沉沉地睡去,结果,第二天肿着眼睛起床的时候看见他买了炸馄饨和白粥放在桌子上,还给我剥茶叶蛋叫我快去洗漱吃饭了,一下子什么气都没了。

16

我和三爷都特别想有个自己的房子,或许是分隔得久了、奔波得远了格外想要安定,只是他工作性质比较特殊,需要成天出差,可能还有好几年我们仍然要两地分居。

有次我们闲聊说以后的客厅怎么装饰,我比画着哪里放电视哪里放沙发哪里放盆栽。

他打断我说:"什么家具和电器都不要,把墙和地板都铺上软垫子,然后把孩子、狗还有你往客厅一扔,我坐在旁边看你们玩就很热闹。"

我:"……"

可有时候想想,只要能在一起就真的很好了。

17

三爷情人节前夕回北京总公司述职去了,然后应该去武汉的项目组待命,结果因为武汉那边工人还没回来,工程没有开工,他又买了票回老家来再待两天。

回家后的第二天他带我出去补过情人节,一大早就接了我去喝羊肉汤,然后开始了一整天吃吃吃的"浪漫约会"。

在水果摊上看见有巴掌那么大的草莓,我俩觉得很新奇,小声地用"我去"开头句式交流对草莓的"诋毁"。

三爷:"我去,我头一次见这么大个儿的草莓!"

我:"我去,我也是啊!"

三爷:"我去,怎么会这么大?"

我:"我去,肯定打激素的吧?"

我俩"我去"了半天,年轻的老板终于忍不住来了句:"你俩到底买不买!"

后来怕被老板打,我们跑走了。

三爷:"呀,好像走错路了。"

我:"跟我出来玩怎么会走错路?跟着我怎么走都是通往康庄的大道!"

三爷:"康庄是哪里?"

我:"小康(我们一个朋友)的家。"

三爷:"我就知道你要这么说。"

然后过了会儿他假装很失望的样子:"好没新鲜感呀……"

类似的话他之前也说过。我手机有阵子坏了，系统出了些问题，总是卡顿，因为是三爷买的，所以跟客服沟通退返维修什么的都是他在弄。

结果就在约定提货的前一天，我手机忽然好了，什么都好了，也不卡也不死机了。

我跟三爷发信息：我手机好了！微博也能用了！

三爷：真的吗？

我：不敢关机，怕又坏了。

三爷：神奇地修复了！

接着我俩同一时间发了相似的内容。

三爷：它一听到要被送回去害怕了。

我：可能听说要返厂它害怕了。

那次抢话三爷就说出了"总是撞话，感觉好没新鲜感啊"这样大逆不道的话，再次听他在我面前这么说，我心平气和地给了他一个很有新鲜感的反方向回旋踢。

18

出去吃饭，等电梯的时候，电梯到了我们那层一直不开门。那个电梯门还挺好看的，贴着藤蔓木门的贴纸。

我气运丹田，朝着电梯门大吼一声："芝麻开门！"

恰巧门应声而开，里头满满当当的人都抬头看我……

三爷一言不发地从我身边走过，直接进了电梯，整个过程中什么话都没说，假装不认识我……

回头想想，当时应该冲上去抱住他质问他："难道我疯了你就不爱我了吗！"

19

某次约会完，三爷晚上送我回家的时候，我无聊地在路灯下比画手影。

我仰头问他："你还记得小时候你给我弄手影那次吗？"

三爷："嗯。"

我忽然伤感起来："我们好像真的已经进入老夫老妻模式了，你看你都嫌弃没有新鲜感了。"

三爷："也挺好的。"

我拿白眼瞥他："哎……果然人都会变的。"

三爷："我每一天都变得更喜欢你。"

我心里的小人已经拍着巴掌托马斯全旋了，可面上依旧表现得很镇定："当然了，谁会不喜欢本宝宝！"

三爷："我每天都给你买更好吃的东西。"

我："……"

脸上的镇定也装不住了，我直接挽着他胳膊拿脸蹭他的羽绒服："嘻嘻嘻，我真喜欢你！"

听过一首歌，里边有句歌词就是我最想表达的话。

"在这人事已非的景色里,我最喜欢你。"

小布手记

未来还那么远,那么多变数,可就算人事已非……明天的草莓松饼也一定比今天的更好吃吧!

看图说话

WOXIANQIDEYANGZI
NIDOUYOU

1

我本命年，三爷说要给我买个小金猴项链。我俩一起去逛的金店，款式也是我自己挑的，金镶玉，我觉得比那些全金的洋气多了。

三爷花了一堆钱之后比我还有成就感，我们出去溜达的时候动不动就要扯出来我的小金猴看一眼，笑得像隔壁旺财似的。

直到有一天，他仔细观摩我的小金猴时忽然露出疑惑的表情："媳妇儿，这个猴子前面的两个红点是什么？"

我低头看了看，因为距离原因看不太清楚，回答他："应该是它的小手吧。"

三爷又看了一会儿，露出了奇怪的笑容："这个……好像是猴子的胸啊……而且这猴子做了一个托胸的动作啊……"

回家之后我摘下项链仔细观察了一番，忽然觉得造型师脑子有坑。

2

情人节那天三爷没给我买礼物,我有些不开心。后来他给我录了首歌,又带我出去吃吃吃了一整天,我心情才稍微好了点儿。

回家的路上逛了个精品屋,三爷忽然跟我说:"我给你买只熊吧。"

我:"好啊。"

三爷乐呵呵地去交钱了,回来的时候手里提着个粉粉的包装袋。我欣喜地打开袋子,然后就看见了……

"WTF?"

三爷一副受伤的表情:"你不喜欢它?"

我:"正常人都喜欢不起来……"

三爷:"不会啊,我觉得很可爱!"

我:"这审美也是没谁了……你喜欢就送给你吧……"

后来他要回武汉,我问起那只熊的下落,他说:"肯定是带着啊,我妈炒股,家里不能摆这玩意儿。"

3

↑看这翅膀扑扇的频率,是要飞起来了吧?

↑你是不是《今日说法》里那个专门拍受害人的摄像啊?

虽然三爷背着单反的样式挺唬人的,可是他的拍照水平真的很渣。

我:"亲爱的,帮我照个推窗探头、惊鸿一瞥那种照片。"

三爷:"好的,没问题。"

我:"亲爱的帮我拍那种有前景遮挡的,就是有个树叶在前头的,那种婉约美你知道吧?"

三爷:"好的,没问题。"

193 | 我嫌弃的样子你都有

↑你拍鬼片呢……

↑对,没错,穿着绿色衬衣背着书包像个神经病一样跳起来大喊大叫的那个,是我……

我:"这条竹林小道好美丽!你给我拍个文艺气息浓郁点儿的!"

三爷:"好的,没问题。"

我:"算了,你随便拍吧,照出活泼可爱的我就行。"

三爷:"这个真的没问题!"

我真是愚蠢,居然信了你的"没问题"。

想要和你漫游世界

WOXIANQIDEYANGZI
NIDOUYOU

我和三爷这么多年似乎总是"在路上",除了学习工作不停地更换居住城市,我们的每个假期也几乎都安排了旅游的行程,甚至打着"旅行结婚"的幌子"反复结婚"好多次了。每次旅程,每个陌生的风景,都让彼此感觉更加亲近,仿佛世界上只有这个人是和你最好的。

1

清明假期,刚好赶上三爷生日,他定了北京城郊的温泉行程,愉快地找我一起度假。

三爷到的那天晚上,我们和朋友一起吃饭庆生,吃完了看到路边有便宜甩卖的草莓,因为真的很便宜,而且我去问老板"甜不甜"的时候,老板很肯定很自信地答"当然甜",于是我和我的小伙伴们就各买了一大袋子。

回了酒店,三爷洗草莓给我吃。酒店没有盆,三爷一个草莓一个草莓地洗,洗完了放在一次性杯子里,放满了四个杯子。他很仔细地把每个草莓的蒂把儿都给揪了,那副殷勤的模样,估计我说我不爱吃芝麻他都得把草莓的籽儿给我抠出来。

只是他洗完了之后就开始吃,自己吃,一口气吃了一杯,完全没想着给我。

我生气地抢了一杯,质问他:"你怎么不给我吃?"

三爷把那杯抢回去:"我帮你试吃呢,想找着甜的给你,这草莓太酸了,没有一颗甜的。"

我表示了怀疑,并且自己拿了两颗看起来还不错的尝尝。

酸,真酸,我长这么大都没吃过这么酸的。

我拍了拍三爷的肩,夸他:"好同志,别浪费,都吃了吧,有甜的记得给我吃口。"

后来那一袋子草莓真的都被三爷吃完了,而且中途有两三颗不那么酸的,他也都留给了我。

第二天我们又买了一盒草莓,三爷依旧是那么洗了然后试吃,我觉得他真贴心,忍不住多看了他两眼。

多看这两眼我发现一个问题,前晚他都是先咬一小口再吃掉,可是这一次他好像直接一口就把草莓给吃了。

对待食物,我有惊人的敏感神经。

还剩下小半碗的时候,我越想越不对,犹豫地问他:"这些也都很酸吗?"

谁知道我刚问了这一句,他就跟受惊的狍子似的,一蹦一米远,然后飞快地把剩下的草莓往自己嘴里填,试图毁灭证据。

后来我从他手里挽救了三颗草莓品鉴了一下,果然很甜。

面对我的飞腿,三爷把锅全都甩给了那些无辜的草莓:"太好吃了,我忘记我要干吗了。"

2

去吃西餐，点了一份蔬菜沙拉，里头的青椒我们两人都不爱吃。

可是勤俭持家如我，想着碗里的都是钱，不能浪费，于是跟三爷说："这样吧，你吃一块我就亲你一口，你想不想要亲亲？"

三爷听了以后立马开始夹青椒吃，眉头都不皱一下。

我觉得心情很荡漾，娇羞地推了他一下："都老夫老妻了，你还在意我的亲亲呢！"

三爷闷头吃青椒："吃了亲不亲的都没事，不吃……你肯定会说我不在乎你的亲亲了，那可能就是一次恐怖袭击啊。"

我无言以对，而他……呵呵，吃不吃的还是一样的下场。

3

温泉酒店在山上，很僻远的山，山上有个酒楼，有个129元的套餐，满满的一桌菜，我和三爷吃完了都撑着腰靠在了椅子上长舒一口气。

菜差不多吃完了，只是还剩半盆米饭，我很心疼地说："早知道这么多，应该提前跟服务员说只上两碗米饭就好了。"

三爷安慰我："没事，山后养着猪，他们剩了饭都会喂猪的。"

我反驳："可是人能吃的，干吗喂猪，还是浪费啊。"

三爷深深地看了我一眼："万物平等，你哪里来的优越感你比猪强？"

我："？"

虽然话是这么说没错,可总觉得哪里不太对劲……

4

温泉之旅和我幻想中的一点儿都不一样。

那个套房内的小池子跟澡堂里的水池似的;电视信号特别差,换哪个台都是雪花;山上人很少,天一黑就不能出门了,我跟三爷只能在活动室打乒乓球,就跟退休老头老太太似的。

关键是山上交通不便利,从一个景点到另一个景点再到回市内,光约车就花了几百块钱。

等车的时候我蹲在园区安静的空地上,悲伤得像只猴子。

三爷摸了摸我的脑袋:"也不是一无所获啊。"

我仰头问他:"什么收获?"

三爷思索了一下:"昨晚上唱 K 的时候人家是 100 块一小时,你和老板讲价讲到 100 块三小时,很厉害啊。"

我翻了个白眼,这算是什么收获!

三爷又想了一会儿,再次拍我脑袋安慰蹲着的我:"今天早上的自助早餐,你拿了那么多东西都吃完了,我看了,隔壁那桌一家三口合起来都没你吃得多!"

我跳起来追着他打了半公里地。

5

三爷买车票回武汉。

我看着付款界面突发奇想:"我要去发条很深情的微博,说从武汉到北京的高铁车票是 520 块钱,这是一条充满浪漫的爱的旅程。"

三爷:"五百二十块五。"

我:"哦,四舍五入,那就 521 块好了。"

三爷:"五百二十块五,你四舍五入干吗?"

我:"算了,不发了。"

6

和三爷商量着夏天出去旅游,正好三爷在忙的项目到时要告一段落了,他说可以请一周的假带我出国玩。

我:"我们去泰国吧。"

三爷:"去马代或者普吉岛这些地方看看海不行吗?"

我:"我们就是在海边长大的,为什么还要找个地方去看海?不,我要吃榴莲!"

三爷:"你想吃榴莲在家买就是了,买一千块钱的榴莲也比跑去泰国专门吃划算啊。"

我:"你想想,泰国哎,那个芭提雅,男人的天堂啊!晚上全是这种那种的特色表演服务!"

三爷认真地思考了一会儿:"你晚上会让我去吗?"

我义正词严:"当然不会。"

三爷:"……我要去马代!"

7

最终我们还是去了泰国玩。

等飞机的时候无聊,看见微博上有个高分问答"当女朋友问'你为什么喜欢我'时怎么回答比较明智"。

洋洋洒洒几百字,鸡汤味很浓。

飞机起飞的时候我用了这个问题问三爷,因为气压的关系那会儿我耳朵在疼着,正咕咚咕咚地咽口水。

三爷大概在我问他不到一秒钟的时间里就给出了答案:"因为你长得最漂亮啊。"

也不知道是飞机失重还是我太心虚,那一下觉得心跳得真快。

8

从来接机的司机大叔一边嗑瓜子一边深夜飙车一百三十迈开始,我和三爷就感受到了芭提雅的热情。我们住的酒店在海滩旁边,出门左拐就是红灯区,旁边是商场,再往前就是一排泰式按摩店,路边坐的全是泰国小姑娘,旁边放着牌子写着中国字"捏脚"。

我每次都想从红灯区穿行见识一下招揽客户的"美女",可是三爷哪怕绕路也不许我走。后来我转移注意力开始对泰式马杀鸡各种好奇,每次在路边看见了都拉住三爷想和他一起去体验,可是除了酒店提供的泰式按摩,三爷拒绝任何路边的按摩店,也不许我进去。

有次我耍无赖直接蹲在店门口不走了,人来人往的路上不时有人回头看我,三爷拖着我拖了几步,见我还是不走,直接就把我扔下不管了。我看着他漠然离开的背影,委屈得差点哭出来,心想就这么把我扔在街上他也真放心。

然后过了一会儿他去路边卖水果的摊位买了块插着木棍的菠萝回

来，把菠萝在我面前晃了晃："起来。"

他说完都不给我思考的机会就自己咬了一口，我猜我再蹲下去他肯定就都吃完了，心里斗争了半分钟不情愿地站起来接过菠萝一边吃一边跟着他离开了。

我以为他只是对异国他乡的按摩店不放心，后来回国才发现他拒绝任何类似的服务场所，不管是北京青岛还是武汉，是大牌子还是路边小店，他都不许我去——即便是他在场。

我："这种大店应该都是正规消费吧，你怕什么？"

三爷："我怕我自己意志不坚定，习以为常了，你不在的时候我也想找地方放松，总会出事的，所以干脆别开这个头。"

我欣慰地摸摸三爷脑袋："孩子长大了，懂事了。"

三爷躲开我的手："你就更不准去了，你根本就没有意志！"

我：……

9

虽然我是海边长大的孩子，可我是只旱鸭子，完全不懂水性。

曾经三爷试图教我游泳，结果因为第一堂课他朝我游过来的时候用力过猛把我脑袋直接按进水里，导致我对水更加恐惧并且拒绝再学游泳了。

在泰国酒店的游泳池里，三爷指着我们附近一个三四岁的扑腾水的外国小女孩教育我要勇敢一点儿，我鼓足勇气跟着那个小孩儿爬上石头水滑梯，不知道是不是体重大惯性也大，人家孩子慢悠悠地笑嘻嘻地滑下来，到我这儿就变成飞速地、全程鬼哭狼嚎地冲出去，并且三爷那个不靠谱的也没在下边接住我，最后我又被池水淹没脑袋体验了一次"绝望"的感觉，游泳教学再次终止。

因为对水的深深害怕，隔天我们去海岛上玩的时候，滑翔伞什么的我都玩得挺好，可是到了"海底漫步"环节简直是要了我的命。

每个人脑袋上被扣了一个像是太空舱宇航员那样的大帽子，不知道我的帽子有问题还是我太紧张了，总之一潜入海底我就各种不适应，耳朵嗡嗡的，眼前的玻璃罩也被熏上一层雾气看不清外面。

我凭着模模糊糊的体形认出来我右手边的是三爷，走了没几步忽然看见三爷和潜水教练比画手势说要上去，我吓了一跳，心想三爷怎么能就这么抛弃我自己上去了，我也不舒服可是我都克服了，他要是上去了我出事可怎么办？

于是我一只手紧紧拉住他的手，另一只手拼命地去拍打他做手势要上去的手，阻止他丢下我自己上去。

大概是我反应太激烈了，又或许是三爷良心发现觉得不能这样做，再或者是他身体适应了不那么难受了——当时我是这么想的，总之他朝教练比画了个 OK 的姿势不走了。

过了会儿，教练确认每个人的身体状况并且帮我擦了擦雾蒙蒙的玻璃罩，我忽然能清晰地看清楚外面的情形了，第一反应就是先去看右手边没良心的三爷，猜我看到了什么？

一个白人老外。

而我左手牵着的，才是正在拿面包喂鱼的三爷……

10

泰国海岛游玩的全程都有领队负责照相录影,等我们要回酒店的时候,领队把光盘发给每个人,我想到自己在海底做的事情一阵尴尬,不停地说服三爷不要花钱买光盘了,把最美的记忆留在脑海里就行。

三爷漠然地看着我:"我都看见了。"

我装傻:"看见什么了?"

三爷:"你拼命阻止那个老外上去。"

我:"……"

最后还是买了光盘,并且在酒店和三爷一起观赏了我犯傻的全过程,三爷似乎很无语我能把一个外国老头当成是他,有些不高兴。

我努力地哄他:"当时在下面感觉跟经历了生死的界限似的,抓你抓得紧紧的,有种同生共死的感觉,你觉得呢?"

三爷:"我觉得?哦,我另一边那个女的抓我抓得也挺紧的。"

我:(╯、口′)╯︵┴─┴

11

三爷的爸妈知道我们喜欢旅游,春节的假期长,便提议一起出去过年。

三爷:"你婆婆打算出钱寒假请客带我们出去玩,你想去哪里?"

我:"寒假?哈尔滨!看雪!"

三爷:"哦哈尔滨,和北海道差不多,那去日本玩吧。"

我:"?"

于是我们便出发去日本了。

因为是自由行不用太匆忙，我们每天都得照顾一下二老的身体情况不能逛太久，所以以这次日本游其实相当"养生"甚至无趣。

最大的乐趣大概是三爷妈妈不让我俩晚上出去乱逛，我和三爷就像地下工作者一样轻手轻脚地打开房间门，观察一下隔壁二老不像是要出来的样子，再轻手轻脚锁上门，然后拔腿狂奔到电梯间那边，接着露出革命同志胜利会师般的欣喜微笑，手拉着手去附近的711买一堆零食和关东煮回酒店加餐。

每次看着桌子上四五人份的夜宵我都会觉得我和三爷像两只禽兽。

12

虽然陪老人玩会有些拘束，但我发现三爷的爸爸真是个很有意思的人。

比如在上海转机的时候刮大风，三爷把他海绵宝宝羽绒服的帽子摘下来戴我脑袋上，然后公公就用一种我能听得到的音量和婆婆说悄悄话："她跟戴了个柚子皮似的，哈哈哈！"

比如我们在大阪逛着逛着下雪了，三爷把他的围巾给我让我把脑袋围起来，公公又开始哈哈哈："你跟以前那种偷地雷的似的。"

再比如我们一大早去爬山，据说身体不太好的婆婆跟着公公一路噌噌地往上跑，我跟三爷在后头招猫逗狗买饮料，一抬头就找不着他们了……到山顶会合的时候公公张嘴就嘲讽我俩的体力，让我们平时多锻炼。为了不让他一直训我俩，我掏出来酒店送的方巾绑在头上，不等他形容就问："看我像不像鸡大婶？"

我公公立马"哈哈哈哈"……

去游乐场玩的时候,三爷的爸爸非要坐过山车,三爷表示无所谓,我和三爷的妈妈都不敢坐,然后就一直劝他,说他"高血压""心脏不好"什么的玩这个太危险了。

三爷的爸爸淡定地说:"没事,我带速效救心丸了。"

三爷 & 妈妈:"……"

我:"哈哈哈哈哈哈!"

笑完觉得气氛不对,我立马学着那两人的样子表示谴责:"=-=!"

13

逛心斋桥步行街,因为太多转角了有点儿找不着路,三爷的爸爸吩咐三爷查查地图。

三爷指着我:"不用,她都记着呢。前面直行到卖抹茶冰激凌的店左拐,然后直行到卖神户牛肉汉堡那里再左拐,走到卖关东煮的小道出去过马路就是酒店。对吧?"

我为自己之前一直和三爷念叨想吃什么感到万分羞愧。

14

京都下雪,早上出门冻得要命。

我跟三爷说:"我的下巴都要冻掉了,好冷呀!"

三爷伸手捏捏我的下巴问:"哪个下巴冷?"

我疑惑不解:"就是下巴啊,我的下巴冷。"

三爷这次先摸我嘴下面,又摸我脖子那里:"第一层冷还是第二层冷?"

我:"……现在心比较冷。"

15

在东京住的那个酒店,窗边有个台子挺宽的,而且还是"V"形带推拉门封闭的,三爷喜欢晚上坐在台子上,把门板给拉上,自己坐在里边喝啤酒看夜景。

我玩着玩着手机,一抬头看见了这一幕吓得大喊:"快出来!太危险了!"

三爷:"没事,窗挺结实的,掉不下去。"

我:"谁管你掉不掉下去!那个门是纸糊的,你小心戳破了我们赔不起!"

然后三爷整晚都不想搭理我。

16

从日本回来的时候正好是情人节,那天只是和三爷在上海逛了逛,没收到任何礼物。

我:"好难过,情人节都没收到巧克力。"

三爷:"你都屯了十几盒费列罗、明治还有瑞士莲了,要点脸吧。"

我:"可是那不是情人节送的!"

三爷:"那你把情人节之前吃的吐出来。"

我:"我觉得,情人节,它只是个形式。"

说完,我没有骨气地换成一副谄媚脸。

17

夏天,去海底世界玩,逛完整个场馆累得腰疼。

那天很热,我穿了一条纱质的宽松连衣裙,很宽松很宽松,宽松到我捶着自己酸痛的腰上公交车时,一个戴着大金链子的光头大哥给我让座了……

这种大哥是平时走路上我都要主动躲着走的那种风格,可他站起来了,手一指座位让我过去坐。

场面很尴尬,显然他把我当成孕妇了。受伤的自尊心让我不知道怎么跟他解释我肚子里是肉不是孩子。

结果三爷一个跨步向前,伸手就扶住了我的胳膊,搀着我过去坐下,动作那叫一个轻柔,然后回头跟那大哥说了声谢谢……

我全程头皮发麻地顶着光头大哥做了好事后欣慰的目光挨到了下车。

18

说起夏天,想起大学时候去厦门玩,或许是适应不了南方天气的潮热,我就像树上的蝉一样上火了。

那天我要写个文章,三爷要复习一门考试,于是两个人找了个自习室上自习,约定好了上午把事情全都搞定,下午去海边玩。

那个教室很凉爽,人却很少,算上我们俩也不过才五个人。

从坐下的那一刻,我的泌尿系统就面临着崩溃,心里跟有个小爪子挠似的想上厕所,三爷领着我去了附近的厕所,又在外面等着我一起回教室。

结果明明是憋得难受的我一去厕所又嘘不出来了。

那是个难挨的上午,大概可以用尿频、尿急、尿不尽来形容,我的文章连开头都没写完,三爷也是没复习踏实,等我最后一次回到教室的时候,屋里空无一人,三爷收拾好了书包要带我去吃饭。

他给我买了好几瓶水让我喝,一边给我拧瓶盖一边问:"我去给你买点儿前列康?"

我世界观有些崩塌:"我有前列腺吗?"

三爷考虑了一会儿:"好像没有。"

我俩相顾无言,一瓶子水刚喝完,我又开始频繁跑厕所……

后来三爷打包了吃的带我回住处吃的,他特许我盘坐在床上吹着空调蒙着被,吃着烤肉跑厕所。

计划全被打乱了,我有些羞愧:"你会不会嫌弃我?"

三爷:"不会,提前演戏一下老太太崩尿的情形。"

他说得我分外感动,握着拳头承诺等他老了尿裤子我一定不嫌弃他,还给他洗裤子。

三爷沉默了一会儿,忽然问我:"为什么要洗裤子,你不知道有种东西叫纸尿裤吗?"

感动的气氛全无,我坐在厕所马桶上想着等我好了一定要给他个回旋踢。

> **小布手记**

其实我很推荐情侣们一起去旅行,从行程的策划、住宿出行的预定到遇见各种突发状况时的应对,都能让对方表现出很多平时看不到的一面,当然这可能是好事也可能是坏事,因为我和三爷每次出去玩都会因为一些小事吵起来,然后怀着要折磨死对方的决心没有分手:)。

订婚和领证的那些事

WOXIANQIDEYANGZI
NIDOUYOU

订婚和领证,在我和三爷这里一点都不复杂,也没有什么准备,就像是清早起床出门买了个豆浆油条,回来我们就变成一家人了。

1

订婚前一天,我和三爷出去约会。

因为某天聊天说起我们有同学开始相亲了,我就遗憾地跟三爷说:"我都没有相过亲,感觉人生不完整。"

三爷冷漠脸:"你想怎样?"

我积极地怂恿他:"要不订婚之前我们相个亲吧,假装第一次见面,从互相说姓名开始!"

三爷继续冷漠脸:"太白痴了,我拒绝。"

我:"太好了,那就这么决定了!"

于是订婚前一天的约会被我单方面强硬地定为"相亲日"。

这天我入戏比较快,一早出门的时候就给三爷发微信,问他:"×先生,我们在哪里见?"

三爷回了个羊汤馆的名字,就在我家小区门口,是我们经常去的店。

我对第一次相亲地点不是优雅的咖啡馆或者茶馆很气愤,谴他第一次相亲约了去喝羊肉汤啊！

进到羊汤馆，里头有不少人，不过自己一个人坐着的只有三爷，我走到他面前，特别矜持地问了句："你是××吗，我是××。"

三爷放下手机，敷衍地"嗯"了一声，等我坐下后把已经点好的羊肉汤和千层饼推到我面前，还多看了我脸两秒："化妆了？"

我做作地把头发捋到耳后："涂了点儿润唇膏，我平时就这样的。"

三爷的眼神里写满了"你平时跟我出去玩都不洗头"的鄙夷，然后假装我就是长得这么天生丽质，和我面对面吃起了早饭。

从羊汤馆出来，要过马路坐公交车，三爷很自然地去拉我的手，被我躲开，附带羞涩的笑容，然后我就快速地跑到马路对面，等三爷到我身边的时候继续羞涩地低头看脚尖，觉得自己演技爆棚，把一个第一次相亲的女人演得无比……矫揉造作。

我们坐的那辆公交车很小，上去的时候刚好最后一排有座位，那排座位真的特别挤，人和人之间没有私密空间，转个身就能撞脑袋那种。三爷觉得太挤了，就抬胳膊搭在我肩上揽着我。而我，一个演戏正投入的女人，想都不想地甩开他的手："臭流氓！我要回去告诉我妈你第一次见面就动手动脚的！"

前排拎着菜的阿姨闻声回头，一脸正气地怒瞪登徒子三爷，三爷黑着脸端坐在自己的座位上，一直到下车都没理我。

感觉自己太作了，于是往批发市场走的时候我主动跟三爷聊天："××啊，你爸妈是干什么的？你在哪里工作呢？"

三爷瞅我一眼："介绍人没跟你说吗？"

我："呃……说了说了……"

于是两人无语地往市场继续走。受家长所托，我们要去买一个什么喜包袱，装礼物用的。整条街都是婚庆喜铺，我们也没多挑，就在第一家店里买了两个大红色带着喜字的包袱，特别大，让我幻想着我婆婆要给我装多少礼金。

老板说了价钱，三爷直接掏钱包，我去拉他，小声地说让他讲讲价。三爷比那个老板还会糊弄人，把那个喜包袱按在我头上："结婚的东西哪有打折扣的。"

一直等他交完钱找我，我还头顶着那个傻兮兮的喜包袱。

三爷问："你在干吗？"

我捂脸："等你掀盖头啊。"

终于……三爷被我逗笑了……我们高高兴兴地朝着对面的电影院走去。

因为心情好，三爷开始配合我演戏，问他一些工作、生活的问题他也都回答了。

路过一个广场，三爷正跟我说着以后想养一只猫，没注意脚下的井盖。

而我，一个对井盖极其敏感的人，打了他一拳："不许踩井盖！"

三爷就这么猝不及防地被我打了，可能我那拳没控制好力度，他看起来很像要在地上打滚撒泼痛哭。

我走过去拉他，想道歉，以及十分怕他真的在地上打滚。

结果他怒冲冲地甩开我的手:"你居然有家暴倾向!回去跟你妈说我们相亲失败了!我从小就发誓绝不会娶一个因为我踩井盖就打我的女人的!相亲结束了!你走吧!"

我一脸蒙。
继续蒙。
持续蒙。

相亲到这里结束(并没有)。
虽然一路坎坷,但最后我用了在试衣间试衣服时摔倒在地吓傻了导购员这么高难度的动作赢得了三爷的怜爱(?),他似乎很无语,无语中又带着些认命的感觉,带着我大吃一顿以后送我回家。
我问:"那我们相亲成功了吗?"
他答:"嗯,回去等着吧,明天我就来提亲。"
我很高兴:"所以就算是相亲你也会被我的人格魅力折服然后爱上我吧!"
三爷严肃地点头:"确实挺有魅力的,看你摔倒的动作那么扭曲,感觉能做很多高难度动作。"
我:"……"

纯洁如我,也并不知道三爷说的是什么。
反正最后我们订婚了。
Over。

2

订婚之后的某天,和我妈视频,她忽然跟我说:"干吗等到十月一号领证,人多了还不一定排上号,就暑假回来领了吧,你看看需要什么证件记得放假前拿回来。"

我想了想,很有道理,于是第二天就去户籍科把我的户籍卡借出来。

结果借卡需要填一个申请表,需要班主任签字还要院里盖章。想到我那三十多岁还是单身贵族的男班主任,以及我们尚未娶亲的院领导,就觉得自己给人家添蘑菇了,全程保持着少女的娇羞去签字。

终于拿到户籍卡的时候,我就一个想法:这不是一张普通的卡,这是给班主任和院领导的拉仇恨卡啊!

因为这个卡只能在我手里待一个月,我拿出来以后有些蒙,发了个信息给三爷,问他怎么办。

三爷:"什么怎么办,结呗。"

3

就这么临时决定了提前领证,我跟三爷发微信讨论日子。

我:"7月7号吧,你不是7月初要去趟公司嘛,那天星期四,还是小暑,也算个节,具有纪念意义。"

三爷:"是很有纪念意义,我们婚姻的全面抗战开始了。"

我:"哦,对,那算了,换个日子,7月2号你回得来吗?"

三爷:"得 4 号以后的日子,这边工作没弄完。"

我:"要不 8 月份也行,咱们回青岛领。"

三爷:"你不是想在朝阳区民政局那个大台子照相吗?"

……

总之就是讨论了很久,我提出的日期总被否定,忽然就生气了:"你是不是不想和我领证?你是不是找事?"

因为第二天还要考试,我直接就不理他自己跑去复习了。

他大概还没忙完工作,也就没找我,直到快睡觉的时候才来问我:"要不 7 月 9 号吧,农历六月初六,还是个星期六,感觉很好。"

我:"我在生气,心里不舒服。"

三爷忽然发了个 200 块钱的红包过来:"宝宝不许生气!"

没等我回话,他又哐哐扔了好几个 200 块的红包,一个红包一句话:

"宝宝为啥心里不舒服?"

"宝宝你快消气!"

"我爱你!"

"宝宝明天也不许生气!考试考一百分!"

我回了个笑哭的表情:"我不生气,不生气,7 月 9 号好,就这天了!"

我感觉三爷又 get 了除食物之外能让我俯首投降的新招数!

4

定好领证日期以后就放暑假了,于是我先回家带了几天我姐刚生的小小朋友以及负责陪着原先的小朋友玩耍,玩耍日常包括陪小朋友去游乐场玩然后像个疯子一样全程陪着他跑,虽然很累,但我成功地晋级为小外甥最喜欢的人了。

某天晚上,我和三爷视频。

我小外甥也凑到镜头前和三爷说话,基本是没有逻辑的胡言乱语:"姨夫我要把你变成青蛙……姨夫变成机器人……我把姨夫变成大汽车!"

我坐在旁边笑着摸他的脑袋:"你这么厉害啊?"

小外甥转过头看了我有三秒钟,忽然一挥手:"姨姨我要把你变成一坨狗屎!"

我:"……"

招谁惹谁了我?

5

因为宿舍要搬到别的地方去,领证前三四天的时候我回了北京。当时我莫名地有些忐忑,还带着点儿委屈,觉得自己怎么忽然就嫁人了,什么都没有。

我:"没有戒指,没有求婚,你爱跟谁领证就跟谁领证去吧!"

三爷:"我明天就去买戒指,下了车就跟你求婚,你答应了咱俩高高兴兴地去领证,你不答应我就一棍子打晕了你然后我高高兴兴地拖你去领证。"

我:"合着怎么算你都挺高兴……好吧,你高兴就好。"

6

计划好来北京的那天,武汉忽然暴雨发大水,三爷被困在家里去不了车站,知道他来不了的时候差点哭出来,然后又安慰自己婚前总要发生点什么劫难才显得意义深刻嘛,不然两个人吃饱喝足逛菜市场似的去领个证多没意思啊。这么想着,我悲愤地吃了一份大鸡排一份盐酥鸡一份香芋球两瓶冰可乐,觉得心情豁然开朗了。

经过漫长的等待,三爷还是蹚着水到北京和我胜利会师了,为表喜悦之情,我们选择了十分优雅的庆祝方式——吃自助。

人逢喜事吃得多,那天我基本上是扶着肚子往酒店走的,一回去就立马坐在了床上,然后听见"嘭"的一声,牛仔裤的铜扣飞了出去了……真的是崩飞的,姿态很倔强,朝着墙就去了,大概是对我的小肚子很有意见于是选择了自杀。

三爷目睹了全过程,坐在我旁边叨了有五分钟。

"你怎么做到的?"

"宝宝你真是太厉害了!"

"你看见了吗?是飞的!咣咣撞墙啊!"

哦……我看见了……

7

结婚证的照片在学校照的,不为别的,学校那家给修图(微笑)。照完了在那里等着的时候,老板正给另一个姑娘修图,一边修一边夸："你这头发养得真好，又亮又长。"

姑娘冷漠脸："头发接的。"

老板闷了几秒钟，又夸："呀，你这鼻子真够挺的，好看！"

姑娘摸了摸鼻子，依旧淡定："是吗，垫的。"

我在旁边看老板吃瘪的样子全程憋笑，沉默的老板给我们修图的时候也没说什么话，大概是怕我这貌美如花的脸蛋也是整的（持续微笑）。

8

拍完证件照去吃了一家京城最受欢迎的粤菜馆，吃完饭出来的时候碰上个卖花的妇女，十分热情，躲都躲不开。

卖花妇女："十块钱一朵，来一朵吗？可新鲜了！你掐掐这个叶子，是不是很嫩？家里自己种的！"

我："便宜点儿。"

卖花妇女："那要不十块钱三朵吧？"

我朝三爷要了三块钱给她："我就要一朵。"

那妇女很不情愿地给了我一朵，转身去找别的客户了。我就举着花跟三爷说："你从来也没送过我花，结婚之前好不容易收到一朵，快来照个相。"

三爷："不是你说不喜欢这个要是我送你你就分手吗？"

我确实说过类似的话，因为觉得这玩意儿很不实惠，一捧花放几天就败了，还不如吃点好吃的……

总之我俩摆拍了照片之后，我就开始无聊地撕着花瓣玩，因为感觉那朵花快要蔫了的样子，不知道是不是太热了。

我在路边走着走着，把花给三爷："好了，你求婚吧。"

三爷："我……"

我把花拿回来："等等你别说，我还没想好怎么拒绝你。"

三爷："……"

我继续揪花："好了，你说吧。"

三爷："我……"

我又打断："算了，你别说了，我忽然觉得很肉麻。"

那是在工体附近，车多人多灯火辉煌的，三爷看着我，好像在想台词，也不知道想到什么了，还没跟我说先把他自己感动得眼泪打转了。我特怕他忽然跪下或者说什么奇怪的话，拉着他快步走到路口打车去了。

在车上的时候我一使劲把玫瑰花的花头给扯下来了，然后和三爷齐齐用"居然还有这种操作"的震惊脸看那个花头下面插着的牙签和带着窟窿眼的假枝叶……难怪那么"嫩"，原来是假的……

三爷："早知道还不如给你买根冰棍。"

我："能买一支可爱多呢！"

有些话虽然没说出来，但能这样吃吃喝喝地走过一生，好像也不错。

9

领证那天是星期六，我俩先是打车去了民政局，然后被保安告知领证要去婚姻登记处，和民政局隔着两条街……

送我们去的那个司机大叔就待在路口等着，等我俩低头查导航的时候叫了我们一嗓子，免费把我们送去了登记处，还一个劲儿地在那里笑："我就觉得你们定位错地方了，也不知道你们去干吗的，没好意思问。"

到了正确的地方才发现今天那么多人领证，门还没开外头就排起了长队，不禁和三爷感慨："看来今天真的是个好日子啊，这么多人。"

三爷十分骄傲："我挑的日子，黄道吉日知道不。"

于是我眼瞅着我们前头那一对三十岁左右的人拿了材料给前台："离婚。"

我 & 三爷："……"

就在我们交了材料去等号的时候，我们后头那一对刚才还有说有笑的年轻人也拿了资料交给前台："离婚。"

我 & 三爷："……"

现在人离婚都这么开心的吗？

结婚的流程快得超乎我想象，好像那个公证员就问了问我们是不是未婚，然后我连那个协议书上写的什么都不知道。就是人家叫我在哪里签字在哪里按手印，我就照办，全程大概三分钟。

拿着红本本出了门，我问三爷："你看了刚才那个合同上写的什么吗？"

三爷："合同？啊，那个，不知道，她叫签字我就签了。"

我："这婚结得好草率啊，难怪那么多重婚、离婚的。"

三爷:"好了闭嘴,去领大礼包吧。"

大礼包就是包含婚检孕检性教育手册等的一个大红包,还有四盒套套……

三爷订的酒店是主题酒店,看起来很有情趣的那种,给各路亲朋好友发了炫耀了结婚证以后,三爷在那个大圆床上翻滚了一圈,拍拍身边的位置:"快过来!"

我:"'大姨妈'还没走。"

三爷落寞脸:"你为什么选在这几天来'大姨妈'?"

我:"不是你选的日子吗?"

三爷:"一定是你憋着劲儿憋到这一天才来的!"

我:"哦,那我还挺厉害的。"

三爷在床上打个好几个滚,感觉很懊恼自己选了这个"黄道吉日"。

10

领完证生活也并没有什么改变,三爷还在上他的班,我还在念我的书,异地的状态并没有结束。即使是领完证回青岛待的那些日子,我们也是各回各家,各找各妈。

我妈和三爷聊天,聊我小时候的事:"那时候我们住四合院,家里养了鸡,她就喜欢跟着母鸡跑,人家母鸡拉了屎,她好奇地抓起来看,我瞧见了赶紧跑过去不让她抓,结果她一看我要抢,唰地就塞进嘴里咽下去了,哈哈哈……"

三爷看我妈笑得前仰后合，表情扭曲地对我说："我觉得我需要重新审视一下我们的婚姻关系了。"

我："呵呵！"

真是亲妈。

11

某次和三爷等公车的时候争辩个什么事，我说不过他，于是撒娇地跺了一下脚，娇嗔道："哎呀，你好烦！"

结果道路年久失修，站牌前的那块红砖被我给跺裂缝了。

三爷低头看了一眼碎成好多半的地砖，立马道歉："我的错。"

我挠挠头，干笑着走到站牌另一端去了。

12

有天下午在家睡觉，睡到半途被人捏脸捏醒。睁眼一看是三爷来我家了，说是出去办事路过我家就过来看看我。

他很上道地提着一盒蛋挞、一瓶草莓牛奶还有一袋牛肉粒来的："起来吃东西。"

我瞬间来了精神，爬起来一通吃吃喝喝，然后拍他马屁："我觉得现在的自己就跟电视剧里幸福快乐的女主角似的！"

三爷："你可拉倒吧，人家电视剧女主角最后都是达成梦想开个花店，阳光下抱着花露出漂亮的笑容然后结尾。你呢？你最后达成梦想开个饭馆，一手一个鸡腿子？"

我："……"

牛肉粒哽在喉头咽不下去，女主的梦想为啥不能是开饭馆？

13

我姐又生了小外甥以后，因为喜欢和小孩玩，我和三爷经常去姐姐家。

有天晚上出去吃饭，回家的时候三爷一手牵着小外甥，另一只手拎着装在篮子里的小小外甥，我在后面看着感觉莫名的温暖。

小区路边草坪上有几只小野猫在寒风里弱弱地叫。

小外甥停下来不肯走："它们是不是很饿，所以才要叫？"

三爷说："我们先把弟弟送回家再来看小猫。"

我以为他只是想把小外甥哄回家，没想到把篮子里的小朋友送回去以后，他真的拿了一包香肠又倒了一罐水要下楼去喂猫。

他问我："你去不去？"

我缩在沙发上摇头："外面刮大风冷死了。"

小外甥跳着往三爷身上扑："姨夫我不怕冷！不要管姨姨了！"

三爷就嘀咕了一句"懒死了"，领着小外甥出门了。

我会忽然想起来他们出门的那个瞬间，然后觉得三爷真好。

14

临近圣诞的时候我问三爷有没有给我准备礼物。

三爷："当然，你不止有圣诞礼物，还有新年礼物。"

我："哇，好棒！是什么快告诉我！"

三爷："是你喜欢的！"

我:"kindle？"

三爷:"不是电子设备，那个你需要的话直接买吧，是可爱的礼物！"

我:"香水？"

三爷摇头。

我:"吃的？巧克力？糖？肉干？"

三爷继续摇头。

我:"不会是花吧？"

三爷还是摇头。

我:"手工房子？上一个咱们还没拼完呢！"

三爷很失望的表情:"是你喜欢的东西啊。"

我又猜:"包包！"

看到三爷依旧摇头，我抓狂地说:"可是我喜欢的东西我都猜过了啊！都不是的话说明你买的东西肯定不是我喜欢的啊！"

因为这句很有逻辑的话，我和三爷对视着陷入了沉默……

后来我不停地逼问，三爷终于告诉我礼物是什么了：一套三百多块钱的羊皮封面笔记本。

我勒令他从购物车里删了这个没用的东西剥夺了他送圣诞礼物的权利并且狠狠威胁了他:"敢买这个你就等着离婚吧！败家玩意儿！"

15

三爷在家里看书学习准备一个考试，学得还挺认真的，圣诞这天不想学了想打游戏，正好被我视频的时候撞见了，我威胁他要给婆婆打电话让婆婆上楼去抓他。

三爷的表情瞬间就垮了，可怜兮兮地问我："我们不是最好的朋友吗，不是一辈子的好朋友吗，你怎么能干这种事！"

我被他的话给萌得找不着北，不仅答应不告诉婆婆，还很大度地跟他说："再去玩一个小时吧！"

这二货立马变得兴高采烈："这真是我收过的最好的圣诞礼物！"

后来想了想，这还真是他收过的最好的圣诞礼物，因为我从前圣诞从来没送过他礼物。

16

跟三爷去柜台办业务，桌子上贴了个扫码优惠的活动，为了省五块钱，我掏出手机来扫二维码。

我："这个二维码怎么这么大，镜头盛不下。"

三爷看着我手机越举越高越举越远，都快高过头顶了，一把拉住我的胳膊，压着我的手对准了那张纸，一脸不想认识我的感觉，半是解释半是询问："你扫人家大理石桌子干吗？"

我："……"

你们家为什么要把二维码贴在大理石上，有毛病吗！

17

和室友一起看电影《疯狂动物城》，被里面的狐狸和兔子萌到，捧着一颗少女心跟三爷说:"狐狸好会撩兔子!甜死我了!"

三爷回复:"狐狸?兔子?"

我简单地跟他叙述了一下剧情,并表示虽然结尾没演出来,但他们肯定会恋爱结婚的!

三爷:"会撩也没用,生殖隔离,他们不可能在一起。"

我:"……"

18

很多时候,我会单方面地和三爷吵架,单方面的意思就是……我在吵架,但是三爷不知道我们是在吵架,然后也不会哄我,因为他完全没意识到!

那天他工作有点儿累,回家就睡了,我一个人对着羊毛毡疯狂地戳戳戳,戳完了消了气,开始删微信聊天内容,看一点儿删一点儿,翻到了情人节那天他给我录的歌,《陪你度过漫长岁月》。

然后,我傻笑着给他发微信说"我原谅你了",估计他起床看见了会一脸蒙。

还有次也是跟他生闷气,翻微博的时候看见了一张配图,图里的小店是我和三爷曾经路过的地方,就是很简单的店,可是因为打上了某个人的标记会让人一眼认出来。

我看着那张图,想起来这条路的尽头有个肯德基,三爷曾经在那里买过新奥尔良烤翅,好吃得要命。

然后我又大度地消气了。

19

3月14号那天是白色情人节,其实我也不太明白是个什么节日,但是过节嘛,总要收礼物的。

于是睡前跟三爷视频,我理直气壮地问:"我的情人节礼物呢?"

三爷随手抄起一个电脑旁的橘子:"给你。"

我很生气:"情人节你就送我一个橘子?"

三爷考虑了三秒钟,抄起了……两个橘子,还附赠了一句:"你越来越能吃了。"

20

过生日的时候三爷回北京陪我了,吃了晚饭去朋友家玩,他们家有两只猫,第一眼见到我的时候无比高冷,后来我放下我高贵的尊严趴在地上和它们打成一片,逗猫棒甩得我手都要飞出去了。

果然它们立马爱上了我,到我走的时候还坐在沙发上朝着我叫。

三爷:"给你们照了照片。"

我开心地拿过去看,然后瞪他:"你为什么照的全是我的屁股,你这个变态!"

三爷:"因为每次我要照猫的时候你都会忽然扑过去挡住镜头……不过你看,还是有不错的,比如这张。"

我认真地对着照片里那只小猫的眼神看了半天:"它好像不太高兴的样子啊。"

三爷:"挺慈祥的啊,应该在可怜你是个智障。"

我跳起来就是一"爪子"。

21

因为种种原因,预计过生日的时候能吃到好几个蛋糕的我一个都没吃着。

白天和三爷跟我亲戚家一起去公园骑车玩了一天,下午回酒店的时候三爷有些困就睡了,说让我一小时以后叫他起床一起出去吃晚饭。

他呼呼大睡的时候我玩手机无聊,就翻开外卖软件打算叫外卖。

啊,鲅鱼饺子,看起来好好吃,买。

啊,酱排骨,三爷最爱吃肉了,来两块。

买皮蛋瘦肉粥送咸鸭蛋?买!

得来个凉菜,东北大拉皮,就是你了!

三爷万一不爱吃饺子怎么办?来盒蛋炒饭吧!

我一边下单一边窃喜,趴到三爷身边去看他,心里想着他肯定会超级感动的。

一个小时后,我觉得外卖也快到了,就把三爷给摇醒了:"小伙子,起床出去吃饭去!"

三爷起床气挺严重的,哼唧了半天,抓了衣服套上,不停地打呵欠:"想吃什么,想想,饿死我了,一步都走不动了,你叫个车。"

差不多他刚穿好衣服,门铃就响了,我笑嘻嘻地推着让他去开门,然后就看见他好奇地拿过了外卖,然后一脸惊喜地打开袋子,看见那堆食物的时候就差给我跪下了。

我："爱不爱我？"

三爷："唔唔唔唔唔（吃得停不下嘴）……"

吃完饭我俩出去散步，路过一家蛋糕店的时候看见门口摆着的蛋糕做的婚纱裙超级美丽，我想能做出来这么好看的模型的蛋糕店蛋糕一定很好吃，于是就去买了一小块回去当生日蛋糕。

那滋味，怎么说呢，难吃得我再也不想过生日了。

我坐在床上郁闷地看电视时，三爷说屋里没水出去买瓶水，结果回来的时候手上还带着个水果酸奶，是我之前看见的那一个，因为觉得贵没买。

我："呀，你真能浪费钱。"

三爷："不吃？"

我："吃吃吃！"

我一边吃一边觉得我又能爱他好几年，这种能用食物丈量的爱真是太好了。

22

临近七夕，放暑假的我屁颠屁颠地拖着行李箱去武汉找三爷了，脑子里想的是白天他上班我就写写文、看看书，晚上一起手牵着手逛逛江滩看看风景。然而事实是，日间温度40℃的武汉把我完全隔绝在家了，每天早上一早爬起来做早饭，三爷上班以后眯个回笼觉又起来做午饭（三爷每天打车回来陪我吃饭），下午睡起来又开始准备晚饭，吃了晚饭就急急忙忙开始码字，发完更新一看表，一天居然就过去了……

积攒了很多怒气值的我在七夕这天彻底爆发了,原因是我准备了一堆礼物给三爷,而这家伙什么都没送我!什么都没!

他看我面色不善,讨好地解释说想着带我去吃大餐,然后逛街,最后去江滩看夜景,并把钱包交给我表示随便买。

这么不走心的计划……我点了点钱包里的钱,欣然接受了。

结果七夕这天全城爆堵,等我们坐了两个小时的车到达那个热门餐厅的时候,我已经在崩溃的边缘了,再问过服务员前头还有107桌等位时,我差点抱着人家餐厅的牌子蹲下去哭起来。

最终我们去了邻家等位比较少的日料店,吃了一顿槽点满满的晚饭,并且在已近九点半的情况下哪里都没逛,打了个车继续堵着回家了。

回到家我不想和他说话,气愤地刷着微博,看到一个朋友晒她老公送的kindle:"你瞧瞧人家老公!"

三爷摸我头:"你的明天就到。"

我:"我不要这个,我是说你看看人家老公都记着买礼物呢!"

三爷严肃脸:"我只是觉得你没什么缺的,怕我买了没必要的东西你更生气啊。以前我买杯子你骂我,我买存钱罐你骂我,我买水晶项链你差点打死我,我只是吸取了教训而已。"

我:"……"

他说得很有道理,不打一顿都对不起他。

我:"送礼物不是因为对方缺,而是因为我收到礼物心情会很好,你不能因为怕被打就不送啊,你看你不送是不是挨揍挨得更厉害了?"

三爷揉着肩膀表示我说得都对。

我打开淘宝推荐的礼物给他看:"你不知道买什么就买这种萌萌的东西啊,你看这个杯子就很可爱,还能折叠成一只胖猫,就是这样萌萌的东西,女孩子都会喜欢的。"

三爷用力点头:"哦,明白了!"

作为补偿,第二天他带我去吃了大餐买了衣服,第三天去吃了要排107桌的餐厅然后看了电影逛了江滩,第四天他晚上告诉我:"你的七夕礼物明天就能送达。"

我想了想:"你不会真给我买了个折叠被吧?"

三爷一脸震惊:"你怎么知道的?"

还能更没新意吗……我问:"是我给你看的那个胖猫?"

三爷:"不是,比那个好多了,折起来是一个熊大,展开是光头强图案,怎么样,喜欢吗?"

我:(#￣~￣#)

辗转反侧了一整晚,第二天收到了一坨长草君的小毯子还有手账什么的,简直喜极而泣,顺带日常傲娇:"今年七夕真是我约得最不开心的一次会。"

三爷:"这样每天都过得比情人节还高兴,不是很棒?"

23

某天从厨房出来,看见三爷对着桌子念念有词:"每天都要帮宝宝做些力所能及的事情!"

然后端起来我还没喝完的半瓶可乐一口气喝没了……

我："？"

24

买了个新的无线鼠标，买完正好给三爷打电话就说了这事。

三爷："原来那个鼠标找不着了？"

我："不是，是插电脑上那个小塞子没了。"

三爷突然"哦"了一声："我知道！××（小外甥）把它拔下来藏到窗帘后边的台子上了。××可真是个熊孩子！"

我："你看见了不告诉我？"

三爷："那可不行，我和××是好朋友！"

我："再见吧。"

小布手记

我是不是说三爷真好来着？还说要爱他好几年？我收回这句话。

附录一

三爷的信——《喜欢》

WOXIANQIDEYANGZI
NIDOUYOU

附录 *1*
三爷的信——《喜欢》

喜欢。

书的名字是嫌弃,那我说说喜欢。

都说陪伴是最长情的告白,有时候就坐在这里静静地想,过去的日子里发生的那些事情,总会觉得幸福感满满。

小布总是问我,我喜欢她什么,相信每个男生被问到这个问题都会觉得很难回答。可总归是喜欢,不说出个所以然来似乎也不应该,那么,到底是喜欢她什么呢?

记得有次小布去厦门找我玩,那天我们去老校区和朋友吃了好吃的晚饭,买了许多芒果与山竹准备当夜宵,返程的时候不确定有没有公交车了,给公交公司打了电话确认,对,我很喜欢给公交公司打电话,虽然总是会得到不准确的答复。那天没车了,路程又不太远,我俩决定走着回去。盛夏的城市褪去了吵吵闹闹的蝉鸣,两个走在街边上的人被暖黄的路灯扯出了长长的影子,道路两旁一边是零星开着的商户,一边是深远寂静的海水拍打着岸边,夜色正好,月光正晴,望着她就觉得世界美好。

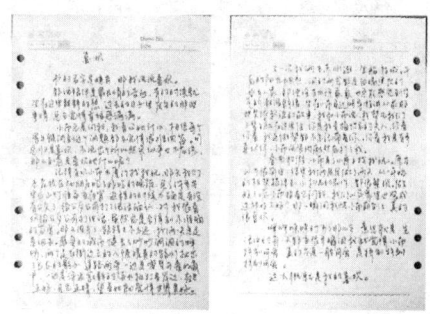

三爷手写版情书

一次我俩去苏州逛，坐船游城。午后阳光炽烈，河的两岸都是白墙黑瓦的水乡人家，即使没有水汽氤氲，也总能感觉到空气的潮湿舒缓，坐在小布身边听导游讲从前那些吴侬软语的故事。我和小布说，我梦见上辈子我们就在这里住，你是我青梅竹马的夫人，你看你看，我连做梦都不忘记带着你，你看我是有多喜欢你。小布说很肉麻然后打了我。

前一阵子春节放假，小布买了手工制作的小房子找我玩。原本以为只是个很简单的东西做一下午就能做好，结果我们俩足足做了两天，从一开始的框架搭建到每一个小物品的制作，都很烦琐。做好了之后小布指着它问我，我们以后家里也装成这样好不好？那一瞬间我被小布萌到了，真的很喜欢。

啰啰唆唆地写了那么多，意思就是，生活中的每一天都有很多瞬间我觉得小布特别可爱，真的不是一般可爱，是特别特别特别可爱。

这，大概就是我的喜欢。

附录二

纯洁的读者 50 问

附录 2
纯洁的读者 50 问

Q1：对身高差比较在意,求问。

三爷：我不是很在意啊。

小布：她问的应该是我们身高差多少吧?

三爷：这样。

小布：嗯。

Q2：想知道身高差←_←

三爷：你看应该这么问的。

小布：他180CM,我165CM。

Q3：小布最喜欢三爷是他给你买吃的时候,那三爷最喜欢小布是什么时候?

三爷：一起吃东西的时候!

小布：我以为是你让我干活而我罕见地答应的时候呢。

● Q4：你们同居那段时间住一个屋吗？

三爷：住一个屋。

小布：呃，我们那是一居室，就一个屋。

● Q5：请问婚礼能不能给读者办一下？讲真，特别希望去参加婚礼的！

三爷：考虑下，不准备在国内办。

小布：其实不打算办婚礼，想出去旅游来着。

● Q6：怎么求婚的呀？

三爷：怎么求婚还没想好。

小布：说起来，喂，你没跟我求过婚QAQ！

三爷：你说什么？火车上信号不太好。

● Q7：小布小布，你俩第一次谁主动的，怎么看都像你！

三爷：@小布。

小布：他艾特我只是想说不知道怎么回答，并不是回答你的问题，谢谢。

● Q8：什么时候结婚？

三爷：明年。

小布：不是今年吗？

三爷：是问领证？我以为在说婚礼。

小布：我也不知道……你明年要跟我办婚礼？我怎么不知道？

三爷：你就知道吃。

● Q9：婚礼不在国内！美国、英国，还是澳大利亚？！

三爷：嗯……有人赞助会去的。

小布：哈哈哈哈，臭不要脸，你要不要搞个众筹啊？

● Q10：假设性别互换，接下去请随意发挥。

三爷：这题太难了我选择求助@小布。

小布：讲真，我经常会想着我如果是男人一定会娶自己的，真的，太完美了。

● Q11：除了榴莲还有什么喜欢吃的？

三爷：蛋挞。

小布：好吃的都喜欢吃，对甜食偏爱，但是不敢吃辣的。

● Q12：最喜欢对方身体的哪个部位呢？

三爷：头发。

小布：还真没想过，可能是眉毛？浓得跟蜡笔小新似的。哦，也可能是胳膊，我喜欢挂在上边（怎么说得自己跟只猴似的）。

🔴 Q13：打算要几个孩子？

三爷：两个？@小布。

小布：嗯。

🔴 Q14：第一次是计划性的，还是偶然意外性的？

三爷：意外性的偶然，但是在计划之下。

小布：同学，你需要我手里的这包去污粉，一日三次，每次10g，活水冲服。

🔴 Q15：小布和三爷第一次去对方家里的情景？

三爷：第一次正式去和布爸爸喝了好多酒23333……

小布：我努力地想了半天，好像想不起来第一次去三爷家发生了什么了……太久远了。

🔴 Q16：第一次是啥时候？

三爷：晚上七点多没到八点。

小布：喂，你可以不用这么耿直的！

🔴 Q17：萌萌哒小布请问你现在体重多少？

三爷：@小布。

小布：你假装一百斤行吗？

🔴 Q18：异地恋的时候怎么跟家里说的啊……现在这个问题好困

惑。

三爷：直接说。

小布：异地恋怎么被你说得跟要出柜似的……就直接说有男朋友了呗。我是那次三爷约我出去看电影我直接跟我妈说三爷要追我,三爷是有次坐在沙发上看《蜡笔小新》,他妈在打扫卫生,三爷脑子一抽就说"妈,我谈恋爱了"。

Q19：三爷的家人是不是已经把你当家里人了?

三爷：@ 小布。

小布：我怎么知道他爸妈怎么想的……就算没把我当家里人也不会直白地告诉我吧23333,不过,我去他们家吃了已经不下一百顿饭了。

Q20：小布,三爷说的最让你感动的话是什么?

三爷：@ 小布。

小布：吃什么我给你买。

Q21：打算什么时候要宝宝?生几个?几个男孩几个女孩?

三爷：过两年。两个。一个,一个。

小布：你以为真的是写小说,想要男的要男的,想要女的要女的吗!不过我们自己设想这个问题时,我希望要一个哥哥一个妹妹,三爷想要一个姐姐一个弟弟。

Q22：两个人大庭广众之下一起做得最羞耻的事是啥(=^·ω·^=)?

三爷： 啥是羞耻？可以吃吗？

小布： 最多……也就是送站的时候很难过亲亲脸吧，据我回忆没什么羞耻的事，我俩在人前挺正经的。

● Q23：同问第一次。

三爷： 你喝不喝去污粉？

小布： ＃我的读者是污婆系列＃

● Q24：我想知道三爷第一次正式见你爸妈是啥样？确定关系后见女朋友爸妈那种哈！

三爷： 这是问你的！我感觉自己萌萌的！

小布： 就像记不起来第一次见他爸妈的情况一样，我也记不起来他第一次来我家了……大概就是比较紧张，话不多，我爸喝多少他就喝多少吧……

● Q25：问你俩微信花多长时间。

三爷： 你这都不是问题。

小布： 她问咱俩微信花多长时间。

三爷： 这咋回答，挺长的。

小布： 骗子……

我们恋爱第一年属于热恋，每天打电话一两个小时，然后慢慢地就减少了联系的时长，各自有各自的生活吧，微信就跟短信似的，有事找对方或者没事撩对方的时候说几句，不知道多久，但是每天睡觉之前都会打个电话把一天的事分享一下。他工作之后白天比较忙，没事不会聊天，但是晚上会视频，有时候半个小时，有时候五六分钟，比如他好不容易凑齐了五个大学的小伙伴要一起玩 LOL 的时候我就自己看小说去了。

Q26：你俩英语那么好，有什么学好英语的方法吗？比如说提高阅读能力之类的 [认真脸]。

三爷：背单词，3000 左右词汇量真的够了。

小布：多做题，每天一篇阅读，然后把文章每句话不认识的单词和句式搞明白。（啊，果然这才是我读者的正确画风吧！）

Q27：三爷你可以抱着小布离地多久呀？

三爷：到她不想要为止。

小布：呃，有次想上厕所没有拖鞋，赖着三爷背过去的 23333……

Q28：你们喜欢什么姿势？衣服什么款式？运动什么系列？

三爷：会抱着看电视。衣服没啥款式。NIKE 吧。

小布：应该是躺在三爷肚子上看电视，舒服的人形靠垫！衣服？裙子吧。我不喜欢运动系列，我讨厌运动。

Q29：三爷会叫小布什么昵称啊？

三爷：布布，布仔。

小布：你不是叫本宝宝"宝宝"吗？

● Q30：我问下，三爷会不会暗戳戳地窥屏看你写的文，看你的读者群，看你的微博回复什么的？

三爷：不看文。看读者群。不看微博。

小布：有次他替我发了一章更新，然后他偷偷看评论了。

● Q31：单身狗想知道谈恋爱是什么感觉？

三爷：@小布。

小布：和单身差不太多吧，都是有高兴有不高兴的时候，但是会觉得有人和你分担，比较安心。

● Q32：榴莲千层好吃还是芝士蛋糕好吃？

三爷：榴莲千层。

小布：都好吃。

● Q33：什么时刻觉得这辈子非小布不可了？

三爷：爱上她的那一刻开始。

小布：打住，这个画风我有点儿不习惯。

● Q34：三爷真的认为小布小清新吗？刚恋爱时小布有隐藏自己的猥琐吗？

三爷：认为。有。

小布：我一直很小清新！

● Q35：问三爷是怎么喜欢上小布的？

三爷：这问题太难答。

小布：说好的一见钟情呢？果然都是骗我的吗……

● Q36：两个人从幼儿园小学开始的情史，暗恋史也行！

三爷：没啥情史，我是一张白纸。

小布：我是一张油画……

● Q37：三爷和小布对彼此最心动的事情和时刻 ^_^

三爷：在一起的每时每刻。

小布：我遇见事情很急躁的时候他会帮我一起解决，就觉得很可靠。

● Q38：问三爷，什么时候最爱小布？

三爷：做好吃的给我吃。

小布：喂，说好的每时每刻呢？

● Q39：三爷，小布平常穿什么颜色衣服多？

三爷：黑色白色。

小布：什么都有，冬天黑色多一点儿，显瘦……

🔴 **Q40**：三爷喜欢什么类型的音乐？最喜欢的歌手或组合是谁？可以用唱吧唱《we are young》吗？你俩法式热吻最长是多久？

三爷：现在听后摇。歌手随便推荐一个 Zella Day。不可以。好像还挺久的。

小布：我不喜欢热吻，我喜欢他亲我脸，轻轻地"啾"一下那种。还有，为什么不能满足我读者的要求？让你唱首歌而已

三爷：哦，再说吧。

🔴 **Q41**：结婚之后谁做家务？

三爷：@小布。

小布：你们就假装是我吧……

🔴 **Q42**：小布的厨艺有没有一级棒？

三爷：有。

小布：三爷每次都吃得干干净净！[骄傲脸]

🔴 **Q43**：三爷和美食，只能选一个，你怎么选？

三爷：@小布。

小布：当然是三爷，他会给我买很多好吃的！愚蠢的人类！

🔴 **Q44**：想问三爷会吵架吗，能吵过小布吗？吵得最凶的一次原因是什么呢？

三爷：会。我很凶的。

小布：哈哈哈，你见过哈士奇生气的样子吗，就是那样。吵得比较凶的几次都是因为期末复习压力大烦躁吧，就没什么大事，只是翻旧账，然后就吵起来了。

● Q45：接吻是他低头还是你踮脚？
三爷：低头＋踮脚。
小布：划重点，我不太喜欢接吻，更喜欢亲脸。

● Q46：你们俩结婚之后的钱都归谁管呀？谁听谁的话？
三爷：都是我的。
小布：结婚之后的钱？大概是会有一个共同的卡每月放一定金额，剩下的就出去吃喝玩乐，哈哈哈哈！小事我做主，大事商量。

● Q47：三爷长相类型！
三爷：@小布。
小布：啊，虽然他很少女心，但是长得不是那种斯文儒雅类型……他外祖是内蒙的，父母是东北的，所以体形是那种很高大的。你们知道看着一个壮汉穿着画满了猫头的平角内裤在屋里到处走多么颠覆吗……可能就是，反差萌？

● Q48：你们有想过给孩子起啥名儿吗？会用三爷的姓＋小布的姓吗？
三爷：想过，不会。

小布：我无聊的时候跟他认真地讨论了半天,后来他说我取的名字都很瞎……不会用姓+名,那样出来的名字太奇怪了。

Q49：互相用一句话形容一下对方,还有小布觉得三爷的缺点是什么?

三爷：小布是不管你们喜不喜欢,我都喜欢的女孩。

小布：一句话啊,就是少女心的壮汉,哈哈哈哈,三爷的缺点很多啊,但是我都觉得还 ok 啦。

Q50：从哪一个瞬间觉得你们肯定会在一起一辈子,如果有,是什么事?

小布：我先说,我先说!他带着我和他所有的好朋友一起去撸串的时候,我觉得最好的生活就是这样!

三爷：要怎么说呢,那一瞬间看到了小布眼睛里亮亮的光。

那些围观的吃瓜群众这样说

WOXIANQIDEYANGZI
NIDOUYOU

附录 3
那些围观的吃瓜群众这样说

小时就识月

认识小布出于偶然,成为朋友也纯属巧合,我们的情分始于一条据说能生热的打底裤。

那天,我边拆她寄来的快递边跟我妈说,我很擅长和碰不着面的有缘人打交道,但多半是点头之交,她是我了解最深的作者朋友。山东人,在北京,六月一日生人,家里有只狗,家外有个男友,和狗争宠,和男友比猛。

这不是小布送我的第一份礼物,她没点石成金的本事,倒有挥金如土的手笔,一边算着生活开支,一边撒钱哭穷,热情大方实在,潜移默化染上了北方姑娘的性情。

偶尔听她津津乐道说着柴米油盐家常琐碎,会恍然觉得防人心不如讨生活,追求爱还是得过日子。作为朋友,我宁愿在物质上欠她一点也不愿生分地礼尚往来,或许是想占她便宜少掏几个子儿,或许是欠了人情才显真心。

第一次听她提起三爷是2015年新年伊始,那时我还在连载一个声控文,正为里头的船戏发愁,她手把手给我详解了《108》里的科普知识,导致这夜之前我俩所有聊天记录全部被清空。

三爷几乎涵盖了小说男主应该有的技能,声线低沉的歌喉、闪闪发光的学历,还有任劳任怨的好脾气。总之,看他俩秀恩爱我时常会想起我的祖父母,吵架时能用木盆子砸得电风扇直晃,搁在平时,奶奶却能絮絮叨叨说个不停,我爷爷就默不作声地干活,两人晚上睡在同一个被窝里,天一亮看到的仍是彼此,就算有不满,也被经年累月的感情融化了。

三爷肾结石的时候,小布行李都没收就来武汉陪他,刚到医院诊断为急性肠胃炎,相亲相爱挂了一天水,两个病号住在我家附近的宾馆,三人约好"面基",不到一公里的距离,我竟迷了路,最后还是三爷带着小布来找的我。之后影院里的三爷是个手机屏保定为小布照片的男人,是个能绕过人群准确找到取票机位置的男人,是个能帮她把咬了一口却不喜欢吃的蒸糕就地解决的男人,和她嘴里,幼稚的、缺点很多的男人终究是不一样的。

进放映厅后,两个人开始围绕饮料是不是汽水展开讨论,其决定了三爷这个身体状况能不能喝。末了,她转头认真地说:识月你也少喝汽水,他这病就是因为喝多了碳酸饮料,还有熬夜!

从见面的"识月你把手里的东西给三爷提",到在餐馆等饭时对三爷说的"你去给识月倒杯水""我还没吃药,倒杯水",包括争执时的态度,字里行间都体现出她在这段感情里的地位,而我眼里的小布是一个贤惠又通情达理、能调节好婆媳关系的女人。她和三爷是异地恋，见面机会不多，甚至常常每晚就通十分钟电话。

你不必奢望无边宠溺会无因无果从天而降，但总有那么一两件事善始终得善终。

🙎 Vanilla

有一段时间我心情不好，总是一遍一遍地看小布的微博，看着三爷不时地说一句情话，看着小布嫌弃三爷却离不开他，想象我跟我的男朋友也会这样（然而当时并没有男朋友），总是期待小布会有一本段子集，一直一直更。

我喜欢小布，因为她是我期待我自己能成为的样子，像个小太阳，时刻散发着温暖的光芒，还有颗少女心，随时随地都可以冒出粉红色泡泡的那种。喜欢看小布和三爷的日常，因为两个人满足了我对情侣相处的所有想象。两个人在一起能干什么呢？跟喜欢的人在一起干什么都会觉得开心吧，就算是吵架斗嘴也会让人觉得超级温馨，似乎本来就应该是这样的。更不用说没出息的小布只要有吃的就会很开心，两个人一起吃吃吃，更有情话小王子三爷不时表白，作为看客的我都觉得羡慕得不要不要的！

特别羡慕小布跟三爷，能够牵手走过那么久，并且看起来还会一直一直走下去，两个人，一辈子，听起来就觉得美好。

无馅汤圆

小布这个人，真的是超级乐观的，不知道你们发现了没有，好几次她是三次元或者二次元有什么事情影响了心情，但是她都能很快调整过来，看她的文总是嘻嘻哈哈的，很多负担就都没有了。有时她分享一些悲伤的事（比如她的手机屏幕摔了），她都是用幽默的语言表达出来的。

三爷作为小布背后逗比 or 文艺的男人，上得厅堂下得厨房，斗不过我们这群小妖精，还好他有大大的真爱。虽然在群里只看过三爷发表情（似乎都是冷汗），但是从小布文中可以看出三爷是一个虽然爱逗着小布玩，但事实上内心很火热的 man。这几天看了大大和三爷的高中生活，真真体会到大大的学霸以及三爷的日常爱，就是在日常点点滴滴中的爱。比如他知道你最爱的食物是榴莲，比如他在流星的时候许的愿望，从来没有哪本小说的男主角能像三爷一样，仅一句话就让我们都能感受到他的爱，很温和、很绵长。

陌陌圆圆

感觉一边是作为单身狗的我被虐得体无完肤，一边又被小布和三爷之间的事儿逗得哈哈哈哈，跟个"蛇精病"一样，但这并不妨碍我喜欢这本书。其实，小布写高中这一阶段还让我蛮有感触的，想到了自己中学的那段日子，就跟发生在昨天一样。特别是座位事件，因为我也坐过最前面，单独的座位，就在讲台边，天天在老师眼皮底下，老师讲课，唾沫全飞到了书上桌上，下课招呼同学过来看老师留下的痕迹（这是什么恶趣味），而且上课真的是一点都不敢打瞌睡啊；还有体育课，我唯一能拿得出手的体育项目就是乒乓球了，所以总是邀一群人一起围在乒乓球台前，现在回忆起来，也是满满的快乐。这些事还历历在目，我以为自己还小，而转眼，就快要滚出大学了。

不想改名的小蘑菇

有很多人说异地恋很辛苦，的确，自己的爱人远在天边，难过了，想要个拥抱都做不到，真的很心酸，只能对着手机或哭或笑，触不到的距离，能产生美，更能产生第三者，异地恋的确有许多不可言说的辛苦，但是，我觉得，异地恋产生了一种很美好的东西，那就是，思念。被深爱的人思念是一件很幸福的事。

小布和三爷的爱情也是一段异地恋，从厦门到北京，只能坐飞机的距离。

小布曾经说过，那时候，他们见面的时候，是吃得玩得最好的时候，一个月的生活费都攒着，哪怕吃不起饭了，也要见一面，见到了，一个拥抱，所有的委屈就都消散了。

我的思念，只是为了见你一面，哪怕，我嫌弃的样子你都有。

我特别羡慕小布和三爷是从高中就认识，从朋友到爱人，最美好，最单纯的日子里都有对方，等到老了，坐在摇椅上，还可以回忆青春的时候，互相数落各自黑历史。同学会的时候，两个人挽着手去，简直就是秀恩爱秀得不要不要的，我猜，会有人这么说，某某，我就知道你和某某会在一起，你们高中的时候多要好啊，好得要穿同一条裤子了。

真是，太羡慕了。

盛夏

刚刚又把《我嫌弃的样子你都有》重新看了一遍，觉得三爷说的那句"我想和你活得一样久"太撩少女心了。我今年高二，没有加入早恋大军，身为一条单身十六年的单身汪，爱好也就是看看小布你卖蠢。但是看到三爷那句话的时候，我就想到一句歌词："我能想到最浪漫的事，就是和你一起慢慢变老。"突然就觉得好幸福，你和三爷从彼此青涩时相识相爱一直陪伴到老，突然就羡慕小布和三爷可以一直这么好这么相爱。

还有还有，那句 Beforever。也是苏苏苏，forever，多好啊。按住我这条单身狗多年来的辛酸不提，祝小布和三爷 forever。多么善良的我，虐了一脸血还希望可以被你们一直虐下去。

我是一只美艳的蘑菇

她疯疯癫癫、大大咧咧、直白凛冽，却又很温柔。

小布和三爷的爱情，几乎满足了我对爱情的所有期待。有时逗趣得让人忍不住笑出声，有时又温柔得叫人掉下泪来。那些旅程里披荆斩棘的艰难险阻，都被她只言片语一带而过，所有的努力，她都想试着去记录，也许不是为了告诉他，不是为了告诉我们，只是告诉当初那个爱得发光的女孩"你的付出,我都有记得哦",末了,却只是害羞地摆摆手"啊呀呀,也没什么大不了"。

我羡慕她,羡慕她不顾一切的从容,羡慕她肆无忌惮的坦荡,甚至羡慕她镇定自若的拿乔。

我羡慕他们的爱情。

This world is full of dipshits, but guess what, she got areal fairy-tale ending.

(这个世界到处都是笨蛋,但是你猜怎么着,她得到了童话般的结局。)

责编金渔

我很期待这本书上市。

异地恋不易,曾经因为无疾而终的恋爱感慨这样的爱情太艰难,但是因为认识异地六年的小布和三爷,才发现异地恋也可以温暖美好。

最让我感动的是,最开始就读中传的小布想要毕业后留在北京发展,于是三爷就来北京参加了工作面试。后来小布跟我说她还是决定回青岛老家,我问她:"那三爷呢?"

她说:"我已经跟他说过了,年底他就辞职回青岛,先在那边稳定下来,等我研究生毕业再补婚礼。"

十几岁的感情最单纯,到了二十几岁人们越来越实际,身处一段感情,总是要考虑自己的得失利益,纯粹喜欢一个人的感情越来越珍贵，能有一个男孩子这样真心为你，该有多不容易。

一生之中不可掌控的变量太多，"我们在一起"却是永远都不会更改的前提。所以啊，在遇见真正喜欢的人后，远距离和未知数也不过如此。

佩服所有异地恋人在一起的决心。

也希望每一对为爱坚持的人都能收获圆满结局。

最后，不知道大家有没有发现，为了符合『异地恋人』的主题，这次采用了封面&封底双封的形式，两张图分开看就是身处异地的恋人，窗外景色亦不相同，合起来则是在同一个空间，彼此安静陪伴的画面。

希望购书的读者喜欢这本书，你们喜欢，作为责编我就很开心了。

后记

我的轰趴婚礼
WOXIANQIDEYANGZI
NIDOUYOU

2018 年 4 月 30 日，在领证快两年的时候，我和三爷终于办了一次婚礼。其实我不是一个很在意仪式感的人，可每每都"屈服"，屈服在给家长一个交代上。但这样的屈服也带着小小的叛逆，我们在老家摆酒宴请了亲戚，但在北京的婚礼上只邀请了二十个关系比较好的朋友参加，并没有爸妈参与。

说是婚礼，更像是轰趴，在京郊租了个别墅，朋友们帮忙布置了气球纱幔，一切材料都是从淘宝买的，连婚纱和甜品台也是网上定制的。妆是室友化的，主持人是认识了十几年的发小，摄影师是我的美编。

我第一次穿着七厘米的高跟鞋，像个鸭子一样摇摇摆摆地从楼梯上走下来，甚至没有跟三爷对过词，一开口就撇着嘴掉起眼泪。

我们的证婚人是我的第一个出版编辑金渔，她写了好长的证婚词，比我们两个参加婚礼的新人都认真。

她说：

"2015年我认识了写小说的小布,签约了她的第一本书。我觉得她坦率、可爱、真性情,笔下故事新颖有意思,是个很有趣的女孩子。

"熟悉以后,我知道她有一个异地恋多年的男朋友,小布叫他'三爷'。她经常在我面前秀恩爱,也会把和三爷在一起时发生的有意思的事发到微博上跟读者分享,隔着屏幕也能闻到恋爱的甜蜜气息。

"他们从大学开始异地恋,一个在北京,一个在厦门,好不容易大学毕业以为能同城,结果三爷又去了武汉工作。就这样异地恋很多年,直到2016年领了结婚证依然没能实现同城的愿望。

"我一直觉得异地恋情侣都是高情商的人。他们懂得如何和对方相处,遇到问题善于沟通,能够体察对方的情绪,彼此尊重,彼此珍惜。因为遇到了对的人,难熬的异地生活也变得充满期待。

"2016年,我签约了小布的第二本书《我嫌弃的样子你都有》,她把和三爷的异地恋写成了一本书。图书出版时,在这本书的封面上,我写过这样一段文案:十年陪伴,六年异地,互相嫌弃,深爱到底。阳光在墙上打出手影,日子慢慢老去。他们从校服走到婚纱,曾经挚友成为彼此最爱的人。

"很荣幸见证了他们一生一遇的时刻。祝愿小布和三爷百年好合,白头偕老,今生今世,深爱到底。"

她说得真好,我都不知道原来我是这么有意思的人。

其实我们只是非常普通的两个人,我们的感情也只是平凡世界里不怎么深刻的故事,如果能让大家看了笑一笑,那也挺好的。

还有很多故事,结婚了,毕业了,当编剧了,但是因为三爷读了在职研究生，于是丢掉北京的人脉跑到上海来陪读。有些事会放在微博里，有些事只留在了记忆里。

我不知道怎么样能让感情一直保持甜蜜，但我知道，如果有一天，你遇到了一个可以一起做傻事、做最真实的自己的人，一切就都对了。

希望看这书的你们都能找到属于自己的"小嫌弃"。

2019年4月，上海
怀里抱着打呼噜的猫写下后记的小布

▼

This world is full of dipshits, but guess what, she got a real fairy-tale ending.

这个世界到处都是笨蛋，但是你猜怎么着，
她得到了童话般的结局。

大鱼文化 & 小花阅读
面向全国招聘兼职签约作者
长期有效哦！

公司介绍：

　　大鱼文化是中国一线青春文学图书策划公司，多年来与数十家国内出版社深度合作，每年向市场推出三百余个品种的青春类畅销图书，每年签约推出新人作者近百名。
　　其中公司子品牌"小花阅读"立足传统纸质出版，引导青年休闲阅读风向，主力打造和发掘新人创作者，采用编辑指导创作模式，创作出适合市场的优质阅读产品。
　　现面向全国各高校，招聘兼职新作者。

我们的工作说明：

　　还未毕业？有其他正式工作？看清楚了，我们这次招的就是兼职！
　　从未有过发表史？国内一线青春编辑亲自教你点滴成文！
　　想要出版一本属于自己的图书？国内一线出版公司专业签约护航！
　　想要一份收入稳定岁月静好的兼职工作？做做白日梦写写小说最适合不过。

兼职的要求及待遇：

　　年龄不限，学历不限；爱看小说，想要创作。
　　每天只要2~3个小时，日过稿只要三千字，宅在室内，风雨不惊，月兼职收入不低于三千元！

我们需求的题材：

清新恋爱，青春校园，都市言情，甜宠萌文，古风言情，悬疑推理，奇幻武侠，科幻冒险……

应聘的流程：

1. 上网下载一份标准简历模版，按自己的真实情况填写。
2. 自行构思一个自己最想创作的长篇故事内容，撰写三百字内容简介，将故事分为12~20个章节，每个章节用100字以内说明本节讲述的主要情节。（内容简介和章节内容加起来不超过2000字）
3. 将1和2的内容用WORD文档整理好，格式干净清楚，一起发送到以下邮箱：dayuxiaohua@sina.com （两周内百分之百回复，如两周内未收到回复则可视为发送途中邮件丢失，可再次投递）。
4. 简历和创作大纲如有合作可能，公司将于两周内派出专业编辑一对一联系，进行下一步沟通，指导创作、签约等流程。如暂时不符合合作条件，则可再次努力。
5. 一经签约，作品将按国家出版法签订标准出版合同，成为正式出版物，所有程序遵守国家法律法规要求。

其他说明：

　　了解大鱼文化图书产品风格类型，有助于提高签约成功率。

了解途径：

　　公司产品广布于全国各大新华书店青春文学专架、全国各大网络书城、淘宝大鱼文化图书专营店及各大天猫书店
　　微信公众号"大鱼文学"和"大鱼小花阅读"均有签约作者作品试读。
　　关注新浪微博官方号"大鱼文学"，有每月产品即时消息发布。

图书在版编目（CIP）数据

我嫌弃的样子你都有 / 小布爱吃蛋挞著. -- 贵阳： 贵州人民出版社, 2017.5
ISBN 978-7-221-13891-0

Ⅰ.①我… Ⅱ.①小… Ⅲ.①言情小说 - 中国 - 当代
Ⅳ.①I247.5

中国版本图书馆CIP数据核字(2017)第033866号

我嫌弃的样子你都有

小布爱吃蛋挞　著

出 版 人	苏　桦
出版统筹	陈继光
选题策划	杜莉萍
责任编辑	黄蕙心
流程编辑	黄蕙心
特约编辑	蒋彩霞
装帧设计	Insect　孙欣瑞
封面绘制	也　圆
插画绘制	Paco_Yao
出版发行	贵州人民出版社（贵阳市观山湖区会展东路SOHO办公区A座，邮编：550081）
印　　刷	长沙鸿发印务实业有限公司（长沙黄花工业园三号 邮编410137）
开　　本	880×1230毫米 1/32
字　　数	180千字
印　　张	8.5
版　　次	2017年5月第1版
印　　次	2019年9月第2次印刷
书　　号	ISBN 978-7-221-13891-0
定　　价	39.80元

版权所有 盗版必究。举报电话：0851-86828640
本书如有印装问题，请与印刷厂联系调换。联系电话：0731-82755298